KB092363

이동주
시전집

이동주
시전집

송영순 엮음

현대문학

시인 이동주

1960년대 전국순회문학강연 후 손소희, 박경수 등과 함께

1970년대 초 이동주 시인

1970년대 문협 시절

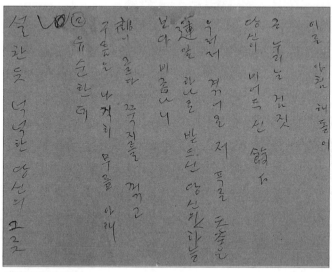

이동주의 친필 원고 「대불」

해남 대흥사 입구에 세운 이동주 시비(1980)와 문학표징비(1997)

이동주 시인 생가 터에 세운 기념푯말

이동주 생가 중 남아 있는 사랑채

시집 『혼야』(1951)

시집 『강강술래』(1955)

시집 『산조』(1979)

시집 『산조여록』(1980)

한국현대문학은 지난 백여 년 동안 상당한 문학적 축적을 이루었다. 한국의 근대사는 새로운 문학의 씨가 싹을 틔워 성장하고 좋은 결실을 맺기에는 너무나 가혹한 난세였지만, 한국현대문학은 많은 꽃을 피웠고 괄목할 만한 결실을 축적했다. 뿐만 아니라 스스로의 힘으로 시대정신과 문화의 중심에 서서 한편으로 시대의 어둠에 항거했고 또 한편으로는 시대의 아픔을 위무해왔다.

이제 한국현대문학사는 한눈으로 대중할 수 없는 당당하고 커다란 흐름이 되었다. 백여 년의 세월은 그것을 뒤돌아보는 것조차 점점 어렵게 만들며, 엄청난 양적인 팽창은 보존과 기억의 영역 밖으로 넘쳐나고 있다. 그리하여 문학사의 주류를 형성하는 일부 시인·작가들의 작품을 제외한 나머지 많은 문학적 유산은 자칫 일실의 위험에 처해 있는 것처럼 보인다.

물론 문학사적 선택의 폭은 세월이 흐르면서 점점 좁아질 수밖에 없고, 보편적 의의를 지니지 못한 작품들은 망각의 뒤편으로 사라지는 것이 순리다. 그러나 아주 없어져서는 안 된다. 그것들은 그것들 나름대로 소중한 문학적 유물이다. 그것들은 미래의 새로운 문학의 씨앗을 품고 있을 수도 있고, 새로운 창조의 촉매 기능을 숨기고 있을 수도 있다. 단지 유의미한 과거라는 차원에서 그것들은 잘 정리되고 보존되어야 한다. 월북 작가들의 작품도 마찬가지다. 기존 문학사에서 상대적으로 소외된 작가들을 주목하다 보니 자연히 월북 작가들이 다수 포함되었다. 그러나 월북 작가들의 월북 후 작품들은 그것을 산출한 특수한 시대적 상황의 고려 위에서 분별 있게 이해되어야 할 것이다.

이러한 당위적 인식이 2006년 한국문화예술위원회의 문학소위원회에서 정식으로 논의되었다. 그 결과 한국의 문화예술의 바탕을 공고히 하기 위한 공적 작업의 일환으로, 문학사의 변두리에 방치되어 있다시피 한 한국문학의 유산들을 체계적으로 정리, 보존하기로 결정되었다. 그리고 작업의 과정에서 새로운 의미나 새로운 자료가 재발견될 가능성도 예측되었다. 그러나 방대한 문학적 유산을 정리하고 보존하는 것은 시간과 경비와 품이 많이 드는 어려운 일이다. 최초로 이 선집을 구상하고 기획하고 실천에 옮겼던 한국문화예술위원회의 위원들과 담당자들, 그리고 문학적 안목과 학문적 성실성을 갖고 참여해준 연구자들, 또 문학출판의 권위와 경륜을 바탕으로 출판을 맡아준 현대문학사가 있었기에 이 어려운 일이 가능하게 되었다. 이런 사업을 해낼 수 있을 만큼 우리의 문화적 역량이 성장했다는 뿌듯함도 느낀다.

〈한국문학의 재발견-작고문인선집〉은 한국현대문학의 내일을 위해서 한국현대문학의 어제를 잘 보관해둘 수 있는 공간으로서 마련된 것이다. 문인이나 문학연구자들뿐만 아니라 더 많은 사람이 이 공간에서 시대를 달리하며 새로운 의미와 가치를 발견하기를 기대해본다.

2010년 12월

출판위원 김인환, 이숭원, 강진호, 김동식

　　이동주는 한 평생 시만 쓰기를 고집하며 바람처럼 살다간 시인이다. 우리 시문학사에 「강강술래」 한 편만으로도 널리 이름을 알린 이동주 시인은 1950년 문단에 등단한 후 작고하기까지 30년 동안 아름다운 우리말과 토속적인 정서에 기반을 두고 한국 전통 서정시의 맥을 이었다. 등단작 「혼야」, 「새댁」 등에서와 같이 전통적인 것에서 시의 소재를 발굴하여 1950년대 서구문화와 도시문명, 새로운 이론이 유행하던 시기와는 달리 나름대로의 시세계를 펼쳤다.

　　'시를 알뜰하게 곱게 쓰고 싶었던' 이동주는 한국적인 토양에 동양의 멋을 담아 '어머니의 슬픈 모습을 염주처럼 목에 걸고 외로운 시문에 귀의'한 시들을 오롯이 남겼다. 이동주 시인은 가장 한국적인 것, 한국의 전통을 잇는 서정시의 순수성을 자신의 뚜렷한 시관으로 삼고 「강강술래」, 「혼야」와 같은 시를 남겼다. 이동주 시인은 '한恨'의 시인으로 평가될 만큼 한국적인 '한'의 정서를 맑은 언어로 담아내었다. 시의 내용은 '한'이고 시의 형식은 '멋'에 있다는 자신의 시관을 가지고 우리말의 아름다움을 살린 언어의 시학을 구축했다.

　　시인은 시의 리듬을 판소리, 민요와 산조가락처럼 전통적인 것에서 찾았다. 그의 대표작 「강강술래」에 율동적인 춤과 노래, 민족의 한을 모두 담아 한 편의 그림처럼 묘사하면서도 진양조의 서러운 가락에서 신명 나는 휘모리 가락까지 녹여낸 솜씨는 매우 뛰어나다. 그러면서 「혼야」나 「새댁」 등의 시에 전통적인 여성의 삶을 우아하게 심미적으로 표현한 데 이르면 그의 진가는 더욱 발휘된다. 「황혼」은 남편을 기다리는 여인의 마음을 담은 백제의 가요 「정읍사」의 맥을 잇는 작품으로 평가받는다. 이처럼 전통적인 여성의 삶을 담게 된 것은 어머니의 영향이 크다. 「혼야」에서 보인 어머니에 대한 시는 「사모곡」에 이르기까지 그의 시 전편에 지속적으로 이어진다. 어머니의 한은 곧 자신의 한으로 대물림되어 시를 쓸 수밖에 없었던 시인의 운명으로 고향을 떠나 고향을 노래하며 떠돌이 시인으로 노래한 작품들을 남겼다.

이동주 시집은 목포에서 발간한 첫 시집 『혼야』(1951)와 두 번째 시집 『강강술래』(1955)가 있으며, 25년 후 마지막 병상에서 외운 시를 묶은 시집 『산조』(1979)만이 있을 정도로 온전한 시집 한 권 내지 못했다. 이 시집의 자서自序에서 시인은 완벽한 시라면 한 편으로도 족하여 시들을 한자리에 놓는 것을 부끄럽고 번거로운 일이라고 고백했듯이 시집 묶는 일을 소홀히 여겼다. 요즘의 시인들과는 달리 당대의 시인들은 거의 시집 내는 일을 그렇게 생각했는지도 모른다. 『산조』 시집까지 총 50편이 수록되어 있고, 사후 유족이 간행한 『산조여록』에는 48편의 시가 수록되어 이동주 시인의 작품은 98편의 시가 남아 있었다.

이에 본 『이동주 시전집』은 발표를 했음에도 누락된 시 67편을 모두 찾아 수록하여 총 165편의 시를 모두 수록하는 데 의미를 두었다. 발표 지면의 정보는 70편이 넘었지만 소실된 문헌이 많아 한계가 있었다. 60년 전의 시집과 등단 초 주로 발표한 지면이 목포와 광주였기에 보존된 잡지가 거의 없었기 때문이다. 게다가 문헌이 많이 훼손되어 한문으로 된 활자를 해독하는 작업 또한 쉽지 않았고, 발표 지면의 작품과 시집 수록과정에서 발생한 개작과 오식이 있었으며, 같은 제목의 시를 여러 편 발표해서 일일이 대조를 해야만 하는 일 또한 만만치 않았다. 이동주 시인이 시 제목에 번호를 붙여 연작시로 발표한 것은 「한」과 「산조」뿐이었다. 그 외 「노을」, 「길」, 「꽃」, 「산」, 「독백」, 「꿈」, 「고향」 등의 작품은 모두 번호를 붙이지 않고 같은 제목으로 여러 편 발표하였다. 그래서 본 전집을 묶으면서 연작시는 아니지만 번호를 붙일 수밖에 없었다. 이는 시인이 생전에 묶은 시집 『산조』에 같은 제목으로 발표한 작품에 번호를 붙인 전례를 따라 그렇게 했다.

30년 동안 꾸준히 작품활동을 했음에도 다작을 하지 않았기에 작품한 편 한 편 찾는 일은 소중했고 보물찾기처럼 즐거운 일이었다. 그런 가운데 『이동주 시전집』을 묶어 세상에 내놓으면서 여러 가지 마음이 오고간다. 한국문화예술위원회가 소실될 우려가 있는 작고문인들의 작품을 보존하려는 의도로 〈한국문학의 재발견-작고문인선집〉을 기획하지 않았다면 시집에 누락된 발표작품들은 아마도 새로 태어나지 못했을지도 모른다. 또한 이 뜻 깊은 사업에 현대문학이 동행한 점 또한 의미 있는 일이다. 이동주 시인은 《문예》지로 등단했지만 누구보다 《현대문학》에 많은 작품을 발표하여 《현대문학》과 인연이 깊고 이 잡지를 사랑했다. 그런 이유로 이번 『이동주 시전집』이 현대문학에서 간행하게 된 것은 매우의미 있는 일이다. 이 작품집이 만들어지기까지 여러 가지 세심하게 도와주신 현대문학 편집부 여러분께 깊이 감사를 드리고 싶다. 아울러 작품을 찾는 데 도움을 주신 이동주 시인의 미망인 최미나 여사, 이동주 시인의 제자였던 감태준 교수님, 목포에 계신 허형만 교수님, 자문을 해주신 한영옥, 양금섭 교수님, 그 외 시인의 생가를 찾는 데 도움을 주신 해남군청 문화관광과 직원 분들에게 고개 숙여 감사의 말을 전하고 싶다.

2010년 12월

송영순

* 일러두기

1. 이 작품집은 이동주 시인이 발표한 모든 시들을 발굴하여 정리한 시전집이다. 시집의 수록 순서는 시집별로 1부는 시집 『혼야』(1951)에 수록된 18편과 「서문」 2편과 「후기」 1편을 수록했으며, 2부는 시집 『강강술래』(1955)에 수록된 시 16편 중에 3편의 재수록 시를 제외하고 13편과 「뒷말」을 수록했는데, 「봄」은 『혼야』에 같은 제목으로 재수록된 시이나 전반적으로 개작한 작품이라 그대로 수록한다. 3부는 시집 『산조』(1979)에 수록된 30편의 시 중에 재수록 시 10편을 제외하고 20편과 「자서」를 수록한다. 4부는 시집 『산조여록』(1980)에 수록된 50편의 시 중에 2편의 재수록 시를 제외하고 48편을 수록한다. 5부는 발표는 했지만 시집에 미수록된 시 67편을 발표 순서대로 수록하되, 제목이 같을 경우 제목에 번호를 붙이고 발표 순서에 상관없이 이어서 수록한다.
2. 이동주 시인의 시집 4권에 수록되어 있는 서문과 후기를 본 전집에 수록하여 시집 발간 당시의 상태를 보여주려 한다. 시집 『혼야』에 김현승이 쓴 「서문에 대하여」, 이동주 시인의 어머니가 쓴 「동주에게」, 이동주 시인이 쓴 「후기」, 시집 『강강술래』에 이동주 시인이 쓴 후기 「뒷말」, 시선집 『산조』에 이동주 시인이 쓴 「자서」, 시집 『산조여록』에 이동주 시인의 아들 이우선이 쓴 「후기」를 수록한다.
3. 시전집 판본은 시인이 시집에 수록하면서 수정한 최종판을 기본으로 삼고 수정사항에 대한 내용은 주석을 달았으며, 발굴시는 발표자의 원문대로 수록한다.
4. 5부의 시는 시집에 미수록된 시인데 같은 제목으로 발표한 작품인 경우 연도별로 제목에 번호를 붙였다.
5. 이 작품집의 표기법은 현행 한글맞춤법과 외래어 표기법에 의거하였다. 단, 시인의 시적 의도를 손상할 우려가 있는 부분이 많아 가능한 일차적으로 시집의 원문대로 수록한다.
6. 원문의 한자는 되도록 국문과 병기하되 시의 맥락을 이해하는 데 문제가 없는 경우에는 국문으로 바꾸어 썼다.
7. 명백한 오식은 바로잡고, 그 내용을 각주에서 밝혔다. 그 외에 설명이 필요한 부분에 대해서도 엮은이가 주석을 달았다.

차례

제1부 『혼야』

제2부 『강강술래』

제3부 『산조』

제4부 『산조여록』

제5부 시집에 미수록된 발표 작품

제 1 부 『혼야』

서문에 대하여

　내가 무슨 남의 시집詩集에 서문이란 전혀 당치 않은 노릇이다. 이를 누구보다 잘 아는 동주 형이(새삼스럽게 존칭이 우리 관계로는 어색하다) 마구 고집을 피운다는 것은 그가 지금 몹시 외롭다는 이유밖에 다른 아무것도 돌볼 여유가 없기 때문일 것이다. 실상 저 붉은 악당들이 저지른 6·25 사변 이래 모든 생활과 교통이 옹색한 환경 속에서 당분간 포화가 거칠 때까지는 아무래도 외롭게 지내야 할 동주가 그야말로 만란을 무릅쓰고 유서처럼 지니고 다니던 그의 구고를 모아 처녀시집 『혼야婚夜』를 낸다는 이 사실 하나만은 내게도 더할 나위 없이 기쁜 일이다.

　그 전까지의 폐해는 막론하고 30년대의 초엽 이래 한동안 우리 시단에 번창하였던 모던이즘에 대한 심각한 반성의 결과로서 생명과 근원에 대한 강렬한 추구와 고유와 독창에 대한 진격한 탐구 또는 이러한 시 정신의 발로를 위한 탐색의 과정으로 이것들과 밀접한 인연을 맺어보는 향토적인 애착과 새로운 의미의 회고주의…… 이러한 추세와 경향들은 유발한 도시문명과 언어외화言語外華에 일찍이 염증을 일으킨 일부 시인들이 이주를 단행하는 아주 퓨리타니크한 신대륙으로 등장된 감이 있다. 나의 이러한 각도에서 시인 동주가 속하는 유형을 구태여 가려낸다면 그는 무엇 때문인지 지방에서의 역량을 자기 스스로 전혀 저버리고 새로이 밟을 길을 밟은 후에 떳떳하게 나선, 그리고 그 유니크한 시풍詩風에 있어 많은 사람에게 그 전도를 촉망 받고 있는 신뢰할 수 있는 새로운 동료로서 그의 시는 풍부한 지방색과 독자적인 생리로 마련되고 다듬어져 있다고 지적할 수 있을 것이다.

　동주는 『혼야』를 비롯한 그의 모든 시에서 구태여 서투른 넥타이를 매려 하지 않는다. 차라리 귀향을 좋아하는 그의 시는 그러나 애당초 서구적인 목가나 전원을 흉내 내는 경박한 아류들에 쉽사리 휩쓸리지 않는 곳에 그의 시의 특유한 향기를 풍기고 간직하고 있다.

그는 자신이 익숙히 알고 몸소 자라난 고향의 드메와 나무와 고가에서 또는 다소 고루하여도 무관한 구습과 풍물 속에서 그나마 우리가 늘 가까이 접촉하면서도 미처 시심의 대상으로 별로 소중히 여길 줄 모르던 마을의 진가들을 마치 닭이 두엄을 헤치며 알곡을 끌라내듯 우리들끼리기 때문에 고유하고 우리들끼리기 때문에 또한 보편적일 수도 있는 절실한 정서들을 알기 쉽고 소박하게 독자들 앞에 들추어내고 있다. 다감한 한 시인이 전도양양한 출발에 앞서 그가 자라고 깃들이던 고향을 돌아다보고 되돌아보는 그러한 모습은 모든 사람의 마음에 모름지기 아름다운 공명을 일으킬 수 있는 일이다.

혹은 동주의 시가 아닌 그의 인간까지도 폭탄적 효과를 직접 갖추지 못하였다는 점에서 민족의 운명을 걸머지고 싸우는 가열한 전란 속에 생산될 수 있는 시로서는 차라리 사치한 순수형일지도 모른다. 그러나 모든 예술의 전당으로부터 격리된 전야이기 때문에 오히려 한 포기의 들꽃일망정 무쌍의 기쁨 속에서 발견할 수도 있는 병사들의 심정을 아니 인간 보편의 심정을 이해한다면 전시戰時에 있어서 이러한 시집 한 권쯤의 여유는 가져도 좋지 않을까? 한 시인이 그가 사랑하는 조국의 고유한 풍습과 애수와 해학을 가초가초 리듬으로 드러내어 정서화한다는 사실은 한마디로 조국을 사랑한다고 소박하게 표현하여 버리는 것보다 오히려 함축 있는 역할일 수도 있을 것이다. 『혼야』에서 시인 동주는 분열된 민족의 금슬을 한恨하고 흠 없고 티 없던 민족여명기의 빛나던 희망과 이상을 오늘의 현실 위에서 뼈아프게 그리워 호소하고 있다. 이런 의미에서 그의 시에 자주 나오는 구습의 풍물과 도구들은 그저 한 개의 살림 도구로써 사용에 그치는 것이 아니고 한 걸음 더 나아가 민족의 고유하고 공통된 감정과 분위기를 자아내는 보다 고귀한 소재들일 수도 있다.

그러나 시인 동주의 걸어갈 길은 지금껏 걸어온 길보다 훨씬 멀고 오래 걸릴 것이다. 이 처녀시집에 실린 대부분의 소품보다도 충실한 앞날에 대한 기대가 실상 더 크다는 말이다. 그의 고유한 시풍이 앞으로 어느 경지에까지 도달할는지 또는 어느 다른 모색의 방향으로 뛰어넘을는지는 우리가 아직 두고 보아야 할 일이다. 그러나 그의 시가 어떻든 견실하게 성장하여 갈 수 있다는 것만은 의심할 여지가 없기 때문에 무사無辭로서 서문에 대하여 그의 건투를 더욱 비는 바이다.

단기 4284년 12월 15일
김현승

동주에게

　남보다 갑절 추위를 타면서 내의도 없이 이 겨울을 어떻게 지내느냐. 집 안에 들어 말수가 적고 나가서 편지래야 두어 줄 사연에 그친 무심한 너 이제 책을 낸다는 소식 반갑다.

　너 어려서 입버릇이 첩첩이 쌓인 내 포한을 글로써 풀겠다더니 그예 시 쓰는 법을 배우고 말았구나. 기르던 염소 한 마리 칠 원에 팔아 우리 모자 낙루하며 헤어진 지 엊그젠 듯 십오 년에 글공부 그만하다니 다행이다. 동주야 조금도 가난이 설지 않다. 지난날 내 새댁적 영화가 얼마나 욕되고 부질없었겠느냐. 몸가짐 새심 주의하여 부디 남에게 척질일 삼가하고 추앙받도록 하여라.

　금주도 이젠 과년했으니 유의했다가 매부감 네 눈으로 골라 혼처 정하도록 하여라. 어련하겠냐만 사람만 변변하면 지체나 재산은 캐어 물을 것 없겠더라. 그저 그 집안 총생들이 본받아 곧게 자랄 수 있는 가품은 봐야겠더라.

　언제나 아들 며느리 손자 도랑도랑 앉혀놓고 하고 싶은 말 다 해보고 죽을지 네 성공만 주야 축수다.

신묘년 이월 십일
어미로부터

새댁

새댁은 고스란히 말을 잃었다

친정에 가서는 자랑이 꽃처럼 피다가도
돌아오면 입 봉하고 나붓이 절만 하는 호접胡蝶

눈물은 깨물어 옷고름에 접고
웃음일랑 살몃이* 돌아서서 손등에 배앝는 것

큰 기침 뜰에 오르면
공수로 잘잘 치마를 끌어

문설주 반만 그림이 되며
세차게 사박스런 작은 아씨 앞에도
너그러움 늘 자모慈母였다

애정은 법으로 묶고
이내 돌아오지 않는 남편에게
궁체로 얌전히 상장을 쓰는……

머리가 무릇같이 단정하던 새댁
지금은 풀어진 은실을 이고 바늘귀를 헛보시는 어머니

아들은 뜬구름인데도
바라고 바람은 태산이라

조용한 임종처럼
탓없이 기다리는 새댁

황혼黃昏

서쪽은 노을에 취해 죽은 듯 자고
잔디밭 양羊은 가자고 설리 운다

목화 따던 새댁네는
구름 우에 시무룩 서서

어스름 태고太古로 낡아지는
먼-산 재 넘어 돌아서 올
고을 갔던 임자가 오는가 오는가 본다

혼야婚夜

금슬琴瑟은 구구 비둘기……

열두 병풍
첩첩 산곡인데
칠보 황홀히 오롯한 나의 방석

오오 어느 나라 공주오니까
다소곳 내 앞에 받들었소이다

어른일사 원삼을 입혔는데
수실 단 부전 향낭이 애릿해라

황촉黃燭 갈고 갈아
첫닭이 우는데
깨알 같은 정화情話가 스스로워……

눈으로 당기면 고즈너기 끌려와 혀끝에 떨어지는 이름
사르르 온몸에 휘감기는 비단이라
내사 스스로 의의 장검을 찬 왕자

어느새 늙어버린 누님 같은 아내여
쇠갈퀴 손을 잡고 세월이 원통해 눈을 감으면

살포시 찾아오는 그대 아직 신부고녀

금슬琴瑟은 구구 비둘기

사연

답답한 어른이여

은하의 기슭이 얼마나 먼먼 곳이길래
막막한 사연조차 아뢰올 길 없나이까

홀홀이 떠나신 후 아마득 꿈에 뵈온 무지개라
가뭄에 비 그립듯 하나이다

꼴미 빼여 바늘 섶에 꽂고
몽당붓 입술에 추기오니 창 훤히 동이 트옵니다

선비의 하늘 같은 도량이라 밖으로 어엿하고
안에 들어 초라하신 나의 샌님

훅훅 불을 뿜는 밭이랑에
팍팍한 호미 끝 피맺힌 울음도

분粉살이 뽀얀 한 시절 고운 청춘도
물 위에 홀로 띠운 댓잎인가 하옵니다

이대로 먼 후일에 서러운 백합되어
그대 비명 앞에 다소곳 필지라도

큰 뜻 섬겨 조용히 사약을 마시듯
받들어 외줄기 붉은 마음이야 오직 하오리까

어련하실 바 아니오나
부디 안녕 하옵소서…….

강나루

늙은 수양垂楊의 허리에서
나룻배가 풀린다

누비 보단을 두른 아내는
하늘을 보고

나는 눈을
꽃잎일사 물 위에 띄운다

사공마저 벙어린 체 먼 산을 보는데

옛날에 아버지가
난을 피하듯

너와 나도
드매에서 이별이 있나부다

노을도 서러운 술에 취한
저녁 강나루

소복素服

빈 방에 백합百合이 쓰러진다

반달 눈썹 물먹은 포도알
야윈 두 볼에 아롱이 지네

입술을 깨물어 피가 터지고
슬픈 매무새 고쳐 여미면
오월에도 내리는 싸늘한 서리

고이 사윈 청춘의 먼 후일에도
비수匕首는 녹슬지 않으리

애닯기사 생대 같은 정절인데
마을마다 흰옷 입은 여인이여

봄 · 1*

이름을 물으면
눈물이 글썽하다

올해 몇이지?
붉은 웃음을 모으로 른다

저런 박살할 년
걸핏하면 죽는구나

강아지와 나란히 부엌에 앉아
썩썩 비벼 맵게 먹고

어구차게는
일손도 잡는다

진달래 불이 붙고
버들가지 시름을 놓으면
빨래터엔 어미 죽은 소쩍새……

가시네사 가시네사
입덧처럼 슬픔이 차서

말만 한 허우대로 진종일
호들기만 울려 싼다

* 시 「봄」은 시집 『강강술래』에 수록할 때 수정된 시임. 수정되기 전 시집 『혼야』에 실린 시는 아래와 같음.

계집애는 이름이 없대요
나이도 모른대요

저런 박살할 년……
걸핏하면 죽는대요

강아지와 나란히 부엌에 앉아
썩썩 비벼 맵게 먹고

빨간 오리발 손에
얼음이 백혔대요

"올해 몇이지?"
어쩌다 나이를 물으면

살랑살랑 능금빛 얼굴을
두 쪽으로 쩍 벌려 하얗게 돌아선대요

소쩍새
죽은 어미의 소쩍새가 빨래터로 부르면

말처럼 마구 달아나서
애꿎인 호들기만 울리더래요

귀농

우리의 벼랑박에는
「밀레!」의 그림을 두 장 붙이자

어둠이 스며 소를 몰고 돌아오면
아내는 흰 앞치마에 손을 씻고 반길게라

짙은 밤 콩알만 한 등불이 외로우면
「붓세」의 시를 읽겠고

그마저 시들하면
개똥 아범의 호랑이 이야기를 청하자

머슴살이

세월은
가도 가도 머슴살이요

되만 한 방이라도
내 집이라 버젓이 이르고

뒷밭이라도 갈아
바란 듯 알뜰히 거둡시다……

달래마냥 허리가 가느단 곱실이가
만나면 매달려 부르짖던 소리였다

톱톱한 막걸리 바람에
주인네 볏목을 흥에 겨워 묶다가도

해반 설핏 하면
매양 그리워지는 곱실이 음성

대추빛 우람한 가슴에
아롱아롱 매달리는 곱실이 음성

사랑방

마을에는 어느 때나
사랑방이 있거니

할아버지도 아버지도 다아
이곳에서 어둔 세월을 밝혔거늘

고작 도회를 버린대서
서러울 리 없으리라

죽석이 따끈 따끈 버선목이 달아서
고리 탑탑한 쇠여물방

참새 대숲에 들듯
우루루 내달아

피마자 등잔불에
자욱한 호박잎 썰거리를 피우며
홈뻑 정들어 살지 않겠는가

똑 이야기 푸져서
가난이 따른대도……

밤 이약 석자리에 솔곳이 젖어
웃음서껀 눈물서껀 노나서 즐긴나시

우리 물을 갈아
때국을 벗었대서

여엉 사랑방을
머얼리 잊을랬던가

소녀少女

어머니의 눈총이
하나도 아프지 않다

물에 젖은* 포도알로 서글서글 덤빈다

검은 수염의 아버지도
이 딸 앞엔 바보같이 지신다

<hr />

* 위의 시에서 '물에 젖은'은 시집 『혼야』에서는 '새카만'이었고, 『강강술래』에 수록하면서 수정한 것으로
이 표기법을 따랐음.

월화곡 月華曲

퉁소 소리에
달이 튕기친다

아으 삼라가 구슬빛에 으서지네

이리의 피묻은 입도 말갛게 가시더라

산비탈 돌부처 코김이 더워진다
명明코 친 머리에 오색이 어지럽다
수정水晶 물살에 파르르 떨리는 고뇌해탈苦惱解脫

이슬발 훤히 트인 백사白沙길
구슬 차며 걸어오는 삼팔 돌국사鬪裟

해골과 웃음도 박꽃처럼 피어
이 한밤 파계破戒의 가무笳舞가 욕되지 않으이

달이 지쳐 스러지면
퉁소는 멎고,

보살도 싸늘히 피가 식는다

고독孤獨

태양이 사연邪戀에 빠져
내 스스로 빛을 금한 지 오래다

고독은 길들인 유자柚子

마음에 동상凍傷을 입어
눈 내린 밭엔 미쳐버린다

외진 곳 홀로 서서 배꽃이 되는데
슬프게 헤어진 눈이 수정 같은 소녀여

집이 없어 피곤하다
네 푸른 호반은 어디라냐

탄가歎歌
─흥행일기興行日記

노래가 끝나면……

흰 박수薄收의 철포澈布가
낙화마냥 황홀하다

그러나
모두는 그것뿐이다

굿에 지친 시민들은
늦잠을 자고

소녀도 화환도 찾을 리 없다

눈썹을 그린 채 새벽 차를 타면
또 어느 낯선 곳에 수면제를 파나

복인福人

마을 앞엔 시은비施恩碑가 섰다

담이 부연을 가려 구중궁궐인데
문렴자門簾子, 낮불을 켜다

수인사를 드리면
옥빨치 장죽에, 천천히
조상祖上의 아호부터 밝히니라

손뚜게 같은 운학단雲鶴緞 보료에 호피虎皮 담요
낡아 값나간 행서병풍行書屛風에
벽마다 산수 족자 선경인데
문갑하며 자개농물籠物
벼개거나 안석에 단
그저 수부귀壽富貴하고 다남자多男子랬다

독독이 홍곡주며 매화주가 익는데
상노야 넌 녹용을 달여라
가는 버들인양 앳된 동기童妓
울 듯 울 듯 수미愁眉 좋아라 그린 듯 앉혀두고
거문고 슬픈 음율에 젖어
무상이 실어지면 잔 기울여 자리에 눕는도다

쾌락은 길어 몸이 잔뜩 고달픈데
어느땐들 불로초가 있었으랴
날을 듯 네귀 풍경風磬이
요령처럼 쓸쓸한 날
마지막 풍도風度의 가추가추 백일장百日葬

은실 같은 수염에 십리장사十里長蛇의 조객들
"노자老子의 무위無爲에 살아
진황秦皇의 영화를 다 하시니 허어 복인이시다……"

침선도針線圖

사리고 앉아 외씨 버선을 싼다. 인두 호오 부는 샛별 눈매가 고은데 버
릇된 가는 한숨이 창밖에 샌다

밤 바람 도둑처럼 담을 넘으면 옷깃 다시 여며 바시시…… 빗 보는 그
림자……

스쳐 내린 머리카락 안존한 마음에 가시가 되어 어리숭 재싼 누비질에
앵도입 쪽 쪽 손끝을 빨면 찌르르 콧날이 울린다

흠치고 감치다 닭이 울면 백옥白玉 가는 손이 지긋이 하품을 가려 접시
불 까만 끄림에 하나 하나 머리가 새는 호호皓皓 할미꽃

초혼招魂

그대는 항시 민중의 앞장에 서서
고난의 가시밭도 웃고 가시더라

지상의 모든 영화도
그대 앞엔 한갓 비웃음

나라 어지러워
민족이 비분하면
혼연히 먼저 더운 피 흘리시고

홀로
초롱불 밝혀 가시더라

선열의 무덤을 짓밟는
적의 포태 위에
오오 피맺혀 부른 그대 이름이여

궐기사蹶起辭

내 집 내 고향이 오랑캐의 말발굽에
쑥밭이 되어도 좋으냐
총을 메고 나서자 죽창이라도 좋다
피를 뿜고 쓰러지는 순간에도
외마디 소리는 대한大韓이다
조국의 방파제로 청춘이 낙화ㄴ들 한恨이겠느냐
일어서라 겨레여 승리는 기필코 우리의 것

후기後記

내 시집이 분수없이 이른 줄을 몰라서 하겠느냐. 더구나 처절한 전와 戰渦 속에 당찮은 호산 줄도 안다.

다만 30 장년으로 출전 전야의 심경에서 모아본 것뿐이다. 친구 집 사랑에 돌림잠을 하면서 길어온 이 어린 것들이 각기 분산하여 얼고 떨 것이 얼마나 천하랴 싶어 솜씨 고운 천경자 씨의 색동저고리를 입혀 한 방에 모아두고 우애하라는 것뿐이다. 또 하나의 이유로는『혼야』의 단꿈 이 너무 길어서야 되겠더냐. 알성급제를 바래서가 아니라 다시 글공부 차 멀리 떠나자. 솔직한 말이 나는 6 · 25 사변 이전에는 진실로 살생이 싫어서『혼야』를 썼다.

나비 한 마리 죽어도 고이 묻어주던 마음 피를 물같이 흔히 쓸 것이 두려워 되도록 민족적 신방에 다소곳 아미娥眉 숙여 돌아오기를 혼자만 이 기원도 하였다. 그러나 크레므린의 횡포로 말미암아 황홀한 칠보의 꿈은 부질없는 감상의 유희였고 내 연약한 순진이 정치 앞엔 너무도 어 리석은 일이었다. 철이 없단들 한 성을 쓰는 장삼이사를 다 사랑할 천치 는 아니다. 조국의 원수를 경계하여 미워하고 멸공의 의지가 뉘만 못하 겠느냐. 단문도 하려니와 시론은 좀 더 뒷일로 미루리라.

기왕에 여백이 아까워 사족을 붙이자면 당돌하여 얄밉기 어린놈 색안 경 쓰는 격이나 나일 먹어 며느리를 볼 양이면 긴 치마에 짜른 저고리 옥 잠을 꽂고 원서를 보는 양가집 규수를 택하겠다. 안사돈이 신식이라 군이 양장을 차리고 온다면 장죽長竹을 물고 완고할 나도 아니다. 그대로 딸자 식처럼 귀히 여겨 봉제사하고 접빈객 하는 조백부白쯤은 가르쳐주리라.

멋을 찾는 시아비의 풍류나 허영에서가 아니라 기역 니은도 모르는 주제에 볶은 머리 껍질 씹는 창부꼴이야 내 안목으로 어찌 보겠냔 말이다. 서구적 지성을 민족적 지성을 민족적 형식으로 풀이하자는 말이다. 내가 「복인福人」을 썼더니 봉건의 비문이나 양반의 댁 보학譜學을 쓰는 과객으로 아는 벗이 있어 정히 외로웠다.

고목이 썩어 새순이 돋는 거구생신去舊生新을 난들 모르랴. 그러기에 스스로 썩은 거름 위에 새순이 돋기를 기다려 근본을 잘 지켜가야 하지 않겠는가. 내가 지사위한至死爲限으로 전통을 소중히 여기는 연유가 여기 있다.

새암이 많달지 시를 다산하지 못한 내 체질을 비탄하지 않는다. 하물며 이런 시로서야…… 어쩌다 중독이 되었는지 나도 모를 일. 이제야 뉘우치지 않으나 시가 자라지 않고 처세의 잡술이 느나 싶어 무서워진다.

신세진 친구가 한두 분이 아니니 인사를 가리자면 장황하고 허례 같기에 눈 딱 감고 삭제해버렸다.

제2부 『강강술래』

뜰

고이 쓸어 논 뜰 위에
꽃잎이 떴다

당신의 신발

동정보다 눈이 부신
미닫이 안에
나의 반달은 숨어……

이제사 물오른
버들 같은 가슴으로

나는 달무리 아래 선다

숲*

꼬옥 꼬옥 숨었냐
다앙 다앙 멀었네

천년 묵은 아름에
고운 연륜을 감으면

너와 나는
숨이 찬 나비 한 쌍

싱싱한 날잎으로 눈을 닦아
푸른탑 푸른 하늘이 새로운데

이제는
메아리에 묻어올 웃음도 없이

꼬옥 꼬옥 숨었냐
꼬옥 꼬옥 숨었냐

바람에 절로 우는 빈 항아리

* 시 「숲」은 발표 당시의 시에서 위의 2, 3, 5연이 추가되었고, 6연 2행의 '꼬옥 꼬옥 숨었냐'는 본래 '당당 멀었네'가 수정된 것임.

강강술래*

여울에 몰린 은어 떼

삐비꽃 손들이 둘레를 짜면
달무리가 비잉, 빙 돈다

가아웅 가아웅 수우워얼 래에
목을 빼면 설음이 솟고……

백장미白薔薇 밭에
공작孔雀이 취했다

뛰자 뛰자 뛰어나보자
강강술래

뇌누리에 테프가 감긴다
열두 발 상모가 마구 돈다

달빛이 배이면 술보다 독한 것

기폭이 찢어진다
갈대가 스러진다

강강술래
강강술래

* 시집 『강강술래』에 수록될 때는 1, 2, 3연을 한 행으로 처리하여 각각 '여울에 몰린 은어떼', '가웅 가웅 수 위얼 레에', '목을 빼면 서름이 솟고'로 했었다. 『한국전후문제시집』(1961)에 수록되면서 위의 시 2연 '삐 비꽃 손들이 둘레를 짜면/달무리가 비잉, 빙 돈다'가 추가되었고 1행과 2행을 바꾸어 수정했음.

행복幸福

지금은 내 품에 없는
아득한 그날의 구슬

쑥대밭을 이고 서서
두고 온 하늘을 보면

먼 산마루에
구름이 스쳐 간다

준마가 달린다

등을 지고 흐르는
이 안타까운 세월에도

빈 항아리에
뿌듯한 목단이 담기듯

솟아 오른 당신의 웃음이사
멍석만 한 나의 만월

다시 못 부를 노래
─곡哭, 임상순任相淳

불러도 불러도
핏덩이만 솟고
빈 하늘에 구름만 흘러간다

소쩍새 울음은
네가 못다한 사연

새로 핀 꽃들이사
이승에 너그러운 너의 웃음

모래만 날리는 회초리 바람이
용설란龍舌蘭 윗순을 쳤나보다

대불大佛

이미 다 아시는 웃음

꿈보다 황홀한
이른 아침 해돋이

온 누리는 짐짓
당신이 비어두신 여백

우러러 겪어온 저 푸른 천공은
연잎 하나로 받드신 당신의 하늘보다 비좁나니

아수라阿修羅의 불 먹은 함원含怨이
봄눈으로 삭나이다

끌어올려도 끌어올려도
두레박은 넘치는데
잔잔한 수심에 오밤별

학이 오르다 죽지를 꺾고
구름은 나직이 무릎 아래 유순한데

설찬 듯 넉넉한 당신의 그릇

기우제祈雨祭 · 1*

비! 비! 비! 비! 비!
우러러 목이 잠긴 소쩍새

돌아보아야
무젯불을 올릴 풀 한 포기 없고

청동 불화로가 이글대는 모래밭에
소피를 뿌려 쇠도록 징을 울립니다

이 실날 같은 사연 구천九天에 서리 오면
미릿내[銀河]의 봇물을 트옵소서

이제 말끔히 머리를 빗고 사나운 발톱을 밀어
저마다 제자리에 들어 허물을 벗사오니
신명은 어여 노염을 거두시압

진즉 형제의 메마른 핏줄에는
눈물과 애정이 도도히 흐르고
초록빛 그늘에 다가앉아

---

* 시 「기우제」(《현대문학》, 1955. 10)는 발표 당시 번호가 없지만 같은 제목으로 이미 발표한 시(《시정신》1집,
1952. 9)가 있으므로 번호를 붙이고 시집에 먼저 수록되어 있어서 「기우제 · 1」로 함.

흐린 창문을 닦게 하옵소서

등잔 밑

돋보기를 걸고
말라빠진 붓끝을 자근자근

견디다 못해 몇 줄 적네
헤어진 지 허어 40년. 며칠씩 늦은 신문에 석 자 이름 또렷하고 자네
모습 화문花紋보다 고으이

주름이 맞선 과부 며느리에 손주놈이 여섯 밤알 같은 증손도 하나
젊어 하던 짓 초롱초롱 밝아오면 앞산을 멀리 물리쳐 보고 유자柚子를
길들이다 삼국지로 눈을 덮네

우리 늙지 마세

바다

돌아올 땐
주름이 잡힌다

아무도 몰라보는 고향
뱃길에서 머리가 희어 돌아온다

바위 위에 새 앉듯이
고대로 늙은 아내 곁에
나는 어릿어릿 숙어진 숫총각

아— 사랑이란
바다 멀리서 느끼는 것

해녀海女*

모나리자의 부활復活이다

비너스나 이오니아의 신화神話는 아니었다 휴우 휴우 휘파람 소리……

황홀의 분만分娩이란 더디고 아픈 것

이파리 하나로야 부끄러워 짜개를 입었나 죽은 모닥불에 연유鍊乳처럼

흐르는 머리 흰 끄나풀로 리본을 맨다

나는 떨려서 말이 언다

"그대가 삼성三姓 따님이뇨"

"무사 마씀

아지방 어디서 오람수꽈"

우렁우렁 내부치는 항아리 울음인데 끝이 슬픈 것은 여자래서 그러튼

가

상고上古의 강한 악센트를 눈치로 풀었다

"아이구 원 부치럽다

무사 보암수꽈"

"아마도 전설 앞에 꿈을 꾸나보오

내사 뭍에서 불려온 뜨내기지"

"뭍"

손을 모으면서

"좋아게 좋아게"

부푼 두 포도葡萄알로 바다가 모자라는 열일곱……

나는 고향을 불러일으킨다

"날 업고 헤어서 아니 가련"

"없습니다 나는양

바다에서 자람수다께"

핀이 꽂힌 나비처럼 해녀海女는 파닥인다. 흐린 안개에 눈이 젖어

"마우다

아명해도……"

보조개로 손끝을 빨며 살레살레 되뇌인다

"차라리 감옷을 아니 줄연

나 여기 머물러 너캉 나캉 흰머리를 이자"

"경 그러지 맙서개양"

망아지가 뛴다. 입 안에다 박꽃을 물면 벼랑이 무너지는 홍두깨 웃음

그제서야 나도 숨이 가쁜 목동

"너무 햄쑤다양

마음이 오종종 햄쑤다"

놀[波濤]은 캉캉 치는데 백납白蠟이 확 풀리는 물거품……

안아보고 안아봐도 뿌연 무지개 가루

나만 노을에 묻힐란다

* 시 「해녀」는 발표(《문예》, 1952. 5) 당시에 있었던 34행과 35행 사이에서 2행을 삭제하고 시집에 수록. 삭제된 부분은 '모나리자의 부활이다/ 비너스도 이오니아의 신화는 아니었다'임.

서귀포西歸浦

못 믿으리……
융동隆冬 벚꽃의 달밤보다 밝다니
귀가 얼어 오던 길이 한 발은 눈보라요 한 발은 꽃그늘
낭기마다 물먹어 부풀고 새소리 은방울을 찼다 눈구덕에 밀감이 익고
동백꽃 내내 참나무 숯불일세
마소를 굴레 없이 자랑자랑 밖으로 몰면 짐승도 수말스러 애먹지 않도
다
여기 오면 주름이 펴진다 흰머리도 검어지고
아슬한 그리움 귓전에 설레나 나는 어쩌지 못한다
이제 돌아간들 쓸쓸히 갔노라는 옛 사람, 생소한 강산에 어릿어릿 내
가 백로보다 희려니……
버릇없이 조백早白한 아이놈도 흰 바돌을 사양치 않으렸다
어질고 착한 청춘이 이곳 풍토래야 할 말이면
"비린 것 날로 먹고 내 여기 살래"

꽃 · 1[*]

꽃가게 앞에서 고전古典과 양장洋裝이 가지런히 발을 멈춘다. 소담한 꽃묶음을 한아름씩 안으면 맑고 아름답게 첫애기를 얼르는 산모와 같다.

아낙네들이 저자에 나서면 취객과 같이 기승하다.

사내놈들이란 술을 마시고 목이 튀어 세상을 얕잡지만 계집년은 꽃다움 앞에 눈과 손이 절로 커진다.

겨울에 팔리는 가을 한 묶음이 육백환정

석류石榴가 짜개지는 웃음으로 선선히 천이백 환을 내던지고 홰홰 꼬리를 치며 희희댄다.

어느 양가집 예쁜 새며느리가 형아우처럼 첫애기를 안고 친정에 들르는 걸음씨다.

사람도 그늘에 살면 생선처럼 상하기 마련인데 저마다 어둔 방 이 한 묶음 꽃을 고작 은촉대에 불을 혀듯 환히 밝히면 때로 취기와 음습陰濕을 가시는 분향일 수도 있는 일, 잔털을 밀고 예禮 지낸 지 엊그젠 듯 새순 같은 며느리의 나들이가 어쩌면 이렇게 춥고 서러울 줄이야……

폐허에 거적을 치고 수컷이 유달리 끙끙대며 암컷을 찾는 까닭은 꽃 한 포기 없는 아쉽고 가난한 천지에 꽃인 체 품에 안기는 꽃 같은 계집을 즐김이렸다.

그래서 부서진 넝마전에 하루해가 가면 술로 찬기를 가시고 앞가슴이

활活해져서 호탕한 꽃놀이를 가나보다

취안醉眼으로 꽃을 대한 사나이란 죽순밭을 어질르는 악동과 같이 심사가 사나워 화즙花汁으로 마구 문질러야 몸이 풀린다고.

"어서 오세요"

"노다들 가시구료"

안타깝게 기다리는 꽃들이 골목마다 난만하여 처음 보는 사내를 제 서방처럼 업고 간다.

붉은 입술로 저마다 조랑조랑 꽃값을 치는데 상호에도 낯선 것이 한창이듯

"쇼-트 타임은 삼백 환"

"올 나이트는 천이백 환"

비린 외어外語가 어색치 않다.

하룻밤 청춘이 박리薄利로 팔리는데 흥정에 따라 에누리가 있고 악착같은 거간이 붙는다.

정희貞姬와 희순希順이는 간간 나들이를 간다.

때로 꽃가게 앞에서 가지런히 발을 멈춘다.

* 시 「꽃·1」은 시와 산문집인 『강강술래』(1955) 산문 편에 속해 있던 작품 중의 한 편으로 산문이었던 것을 시집 『산조』(1979)에 수록하면서 시로 분류하였기에 시집 『강강술래』 편에 수록함.

뒷말

전혀 생각지도 않은 일이다.

언제고 차재석車載錫 형이 솜씨것 한 권 모아주겠지 싶었으나
저나 내나 부득이 그리됐다.

시는 떠오르는 대로 열다섯 편을 골라봤고 산문은 여기 저기 헌책을
찾아서 짝을 채웠다.

나도 책에만은 어지간히 욕심이 있는 사람이나 정작 내 일에는 번번이
이렇게 등한하다.

이런 경위로 시를 모으거나 산문을 모아야 한다면 나는 몇 번을 고쳐
내든지 제1집으로 고집을 세우겠다. 그동안은 임시판이다. 책 모양도 차
형 쓰던 안목을 그대로 본떠 달라 욱였다.

시에「봄」을 넣은 것이 거슬리고 산문에「미아리 9번지의 여인과 총재
마나님」을 넣지 못한 것이 걸린다.

끝으로 김석규金錫圭 씨 내외분께 사의를 표한다.

제 3 부 『산조』

자서自序

원래 말수를 줄이고 문장을 아끼며 살아온 나라서 화관처럼 씌우는 머리글마저도 군더더기 같아 머뭇거렸다.

연연 60인생에 시력詩歷이 그 반은 접었지만 누구 책 내주겠단 사람도 없었거니와 나 역시 그런 일에 몸이 단 적도 없다. 내도 그만 안 내도 그만 아닌가. 어차피 물정에 어둔 시와 인생이었으니까.

그러던 차 감태준 군이 책빚이나 갚으라고 서둘러주기에 일절을 그에게 맡기기로 했다. 사실 나는 남의 책을 받기만 했지 줘본 적이 없다. 감태준 군과 나는 나이로 치면 부자간이 어색치 않고 형식은 사제요, 선후배라지만 여러 면에서 나보다 유능한 좋은 젊은이요, 오래 사귀는 동안 한 번도 속상한 일이 없었던 고마운 사이였다.

내 작품이 어찌 이것뿐이랴만 내 머리에 남아 있는 것만 적어주었기 때문이다. 내 스스로 외지도 못할 시를 번거롭게 한자리에 앉히기가 싫어서다. 시가 흠 없이 완벽하다면야 단 한편으로 족하다. 허지만 어설퍼 부끄럽기만 하다.

작든 크든 남의 일은 지성껏 가로맡아 실패한 일이 적었으나 정작 내 일엔 등한하여 성공한 예가 거의 없다. 그런 위인이니 앞으로 책 한 권쯤 더 나올 것 같지가 않다.

평생을 박복하게 살아온 내게도 이런 호강이 있으니 참 신기하고 황홀하다. 마치 창밖은 눈보란데 꽃밭에 취해 있는 기분이다.

1979년 정월 / 병상에서
심호心湖 이동주

휘파람

사나이란
상처가 있어야지

손을 턴
휘파람 소리에

구름이 흘러간다

산조 1

1

마른 잎 쓸어 모아 구들을 달구고
가얏고 솔바람에 제대로 울리자,

풍류야 붉은 다락
좀먹기 전일랬다.

진양조, 이글이글 달이 솟아
중머리 중중머리 춤을 추는데,
휘몰이로 배꽃 같은 눈이 내리네.

당! 홍……
물레로 감은 어혈, 열두 줄이 푼들
강물에 띄운 정이 고개 숙일리야.

2

학도 죽지를 접지 않은
원통한 강산

울음을 얼려

허튼 가락에 녹여보다.
이웃은 가시담에 귀가 멀어
홀로 갇힌 하늘인데

밤새 내 가얏고 운다.

산조 2

고향, 고향, 고행이랬자
거덜난 쑥대밭.

푸른 물! 붉은 불!
칼춤을 춘다.

빗장은 하나인데
열 도적이 여수고

제 짝이 아니라도
예사로 정을 튼다.

꽃처럼 무더기로 져버린 우리 청춘이
다박솔 음지에서 피를 쏟으면
(뻐꾹, 뻐꾹, 뻐뻐꾹)

만취한 진달래사
귀 막고 잔다.

하늘도 멍청해진
나의 품안엣 것.

산조 4[*]

나 사는 마을은
구름 강강, 산 술래

한겨울 내내
길이 막힌다.

얽혀진 칡넝쿨에
눈이 쌓인다.

늦춰진 강물 위에
눈이 덮인다.

달아, 곱던 달아
이제는 내 것이 아니로다.

저리고 슬프기야
얼음 밑의 미나리순!

이빠진 웃음으로 손을 잡으면
꿈결 같을라, 스쳐간 바람.

* 시 「산조 4」(《현대문학》, 1960. 4)는 시집 『산조』에 「산조 3」으로 수록되었고 발표 당시의 시에서 6, 7연이
  삭제되어 있는 것을 바로잡음. 「산조 · 3」은 본 전집 제5부에 있음.

여수旅愁

입가심으로
바둑 한 판을 두었더니

집 한 채가
재[灰]로 사위었네.

강물은 고여
연꽃이 피었는데

내 식탁에 오른
씀바귀나물.

한恨 1

나의 길은
저승보다 머언 눈물.

나의 기다림은 또,
어리석은 영원!?

서리 먹은 하늘에
달이 영글어

태산이 풀리는
외기러기 실울음.

어둠에서 다져지는
나의 신명은

바다가 아니면
차라리 비워둔 들녘*

---

* 위의 시는 발표(《현대문학》, 1961. 1) 당시 1연 2행의 '저승'을 '정승'으로 오기되었고, 시집 『산조』에 수록
되면서 6연 2행과 7연이 추가된 부분을 삭제하고 바로잡음. 추가된 부분 6연 2행은 '얼음 밑의 미나리순'
이며, 7연은 '이빠진 웃음으로 손을 잡으면/꿈결 같을라, 스쳐간 바람'으로 「산조 4」의 내용임.

우주엽신宇宙葉信

나의 눈물이 다한 인정의 땅 끝에서
그날,
가벼운 마음으로 흰 손수건을 흔들었다.

프리즘의 도시로 치솟아
신나게 나부끼던 기폭……

피바다로 구비 황혼의 산맥에는
나의 청춘도 나의 사랑도 허울처럼 벗고 왔다.

미리내의 강기슭에 들국을 꺾어
어려서 너랑나랑 하던 활갯짓을
유성流星으로 보아달라.

아직은,
후광을 거느리던 석가와 노자, 공자,
그리고 우리 충무공, 손병희 선생.
한자리에 어울릴 태백太白도 두보杜甫도 진랑眞娘도 소월素月 형도,

모발이 다른 그리스도, 소크라테스, 링컨, 간디,
셰익스피어, 잔다르크, 클레오파트라, 이렇게 앞서 온 이의 행방은 묘
연杳然하다.

이 넓은 차지! 스사로 비조鼻祖에 오르니
무릎에 엎드린 복이 날더러 고단한 다산多産을 하란다.

아명은 선덕, 아사녀, 온달이
귀익어 좋았다.

여기서도, 울 막은 시샘과 안병眼病은
꽃과 푸른 나무라야 다스린다.

어느 세월엔가,
거센 풍화로 강산의 수석이 야위듯
어질고 착한 하늘이 필경은 흐려, 구름도 유유찮다.

구만을 헤아린 나의 소망도
이제는 되돌아가는 길.

나로 하여금
메마른 고장에 웃음을 피게 하라.

나의 사랑 나의 청춘의 허울을 입고
학수鶴首로 억겁을 누리겠다.

대흥사大興寺

그늘이 아니라
아늑한 품 안이다.

깊은 골 산새들이
예사로 따르는데

이끼 입은 바위틈에
물맛이 달다.

머리를 배코로 치고
대추나무 지팡이로 턱을 고이면

구름도 마음 놓고
쉬어간다.

표고蔈古 맛에
연사흘 게을렀더니

배꼽이 열리도록 살이 쪘다.

광한루

높이 앉아
술을 마신다.

옛가락 이슬에 젖고
부연 끝에 달이 걸렸다.

모처럼 고향에 안겨,
가뭄이 풀린다.

숲에서 길이 열려
화문花紋 위에 떠오는 걸음……

이끌어 앉히기엔
내 무릎이 야위었구나.

자리를 옮기면
잠맛을 잃어,

바람 잡힐 나이엔 머리가 희다.

잔을 비우듯
대낮 같던 밤이 기우는데

네가 엮은 사연으로
세월을 늦추자.

달아

달아
초가을 여문 달아

송편 빚는
보름달아

거울같이
맑은 달아

언덕 위에 치솟으면
멍석만 하고

소나무 가지에 걸리니
모란송이만 하다

가아웅 가아으웅
수워얼래에

쟁반에 놓인 구슬이
어쩌자고 저리 슬프다냐

뛰자 뛰자

뛰어나보자

시름이 칭칭 감기네

달아
어여삐 자란 달아.

꽃샘

하늘은
빨래 널린 빨래터라,

희다 못해 푸른 옥양목의
아슬한 슬픔.

────── 비로소 열리는*
그 육중한 몸살로

우리들의 청춘은
꽃샘으로 야위는가.

뿌리 묵힌
돌부처의 웃음이 흐르는
먼 훗날의 희한한 이야기사

삼동을 견뎌온
우직한 나의 신앙.

* 시 「꽃샘」은 《현대문학》(1956. 6)에 발표될 때는 3연 1행에 '비로소'만 있던 것을 시집 『산조』엔 '열리는'이
추가되어 있음.

북암北菴

한 달이면, 보름은
구름에 묻혀 산다.

뜯지 않은 서울 편지로
차를 달인다.

아내는 왔다
문 밖에서 돌아섰고

나는
더덕에 취해 잠이 들었다.

꽃은 피어서
눈처럼 날리는데

시를 쓰는 스님에게
술을 권했지.

달이 업힌 늙은 소나무 아래

산짐승의
등을 쓸어준다.

사모곡思母曲

1

울 어머니 꽃은 층층탑 밑에 더디 피었다고 한다.

잔털 밀고 무거운 비녀를 꽂은 지 여러 해 지나서야 포도시 피었다고
한다. 어른이 너무 많아 기를 펴지 못해서다.

꽃이 피었기로소니 안쓰럽게 애티가 났겠지.

마치 흰 항아리에 철을 당긴 강아지 버들과 오므린 매화가 놓이듯, 우
물에 늘어진 실가지 봄비 맞고 움트듯이 그렇게 피었을까.

시조부는 범이었다.

아침 저녁으로 기왓골이 쩡쩡 울리는 범이었다.

어린 애기 울려서 귀염 보듯 예절로 들볶아 호강을 받으셨다.

햇빛을 가린 그늘에서 항시 파르르 떨리는 꽃잎,

오대봉사五大奉祠의 흙으로 삭은 선영이나, 자락에 매달리는 강아지까
지도 새색시의 무거운 짐이었다.

시댁 사람이면 깡그리 어른이라 두렵고 조심스런 종부였다.

옷치장도 그러려니와, 걸음걸이 저져 한발 한발 남의 이목 속에 법도
를 지켜야 했다. 상을 물려야 가까스로 수저를 들고, 입이 달아도 흥, 잠
귀가 어두워도 허물이었다.

밤이 이슥하도록 낭낭한 소리로 유충렬전이나 남정팔란기를 읽어야만
시어머니는 곤히 잠이 드셨다고.

충청도 공주서 남행 칠백 리. 읍에서 내리는 횃불이 줄을 잇더란다.

눈 감은 채 가마에 흔들리는 신행길은 그날로 하늘이 바뀌었다.

우리 어머니 뼈 묻힐 곳은 이승으로 뻗어가는 곧은 길만 아슬하게 널려 있었을 뿐······

울 어머니 시집살이는 소리가 없었다. 웃음도 울음도 소리가 없었다.

보고도 못 본 체 눈을 피해야 했고, 듣는 것만으로 강물에 몰래 띄워야 했다.

박속 같은 이로 눈빛 같이 웃는 양하여도 손등으로 가려야 했고, 파도가 치는 설움도 구슬로 받아 옷고름에 고이 접어두곤 했다.

앉으나 서나 그린 듯이 있어야 했으니, 조용하기가 오경산사五更山寺와 같았다.

글을 깎아 시를 다듬듯이 되도록 말수를 줄였었다.

말을 물어내면 집안에 풍운이 몰려 입술은 꼭 잠긴 함緘이었다.

울 어머니 입 안에는 항시 석류알 같은 비밀이 가득 고여 있었다.

콩 심을 자리에 팥이 심어져도 나만 알고 덮어두었다.

가까울수록 남이었다.

남편도 첫애기도 훤한 대낮에는 부끄러운 남이었다.

어른 앞에서 남편과 서로 주고받는 말이 없었다.

마주보며 눈 맞추지 말아야 한다.

생긋 웃는 첫애기도 눈을 흘겨 남 보듯 지나쳤다. 유도乳道도 적었지만 젖이 불면 외진 곳에서 안타까운 손짓만 했다.

착한 이는 본시 손이 헤프다.

막막하도록 물정에 어두운 울 어머니. 남 좋다는 일에 군욕심이 없었다.

당신 스스로에게 그토록 인색하면서도, 남이라면 마른 나무 물 주듯이 후했었다.

내가 잃는 것으로 남이 얻는 일이라면 그것으로 기쁨이 넘치신 모습.

단지斷指로 인명을 구했으며 가난을 도와 이웃이 강강 둘레를 쌌었다. 달라는 말을 미처 기다리지 않았던 울 어머니.

바라는 마음을 미리 헤아리고 넌지시 내주었다.

안 인심이 좋으면, 가축처럼 부리던 선머슴도 고분고분 준마駿馬였다. 벼락이 떨어지는 당하배堂下拜도 더러는 사람 구실하느라고 말대답이 있었지만 젊은 아씨 비단 같은 마음씨엔 물불을 가리지 않더란다.

울 어머니 잠깐 한 시절은 고단한 옥엽玉葉으로 그런 대로 보람을 겪었었다.

2

본관本貫은 덕수德水.

충무공의 핏줄이나 반드시 무골의 내림은 아니었다.

문반의 맥이 끊기지 않는 집안으로 씻은 듯 가난한 선비의 딸이었다.

모래 위에 고사리 같은 손으로 궁체 글씨를 익혔고, 상사람과 아녀자는 꺼려오던 그때 말의 진서眞書도 넉넉히 깨치셨다.

위로 오라버님이 두 분, 아래로는 의좋은 남매가 있었다.

귀밑머리를 땋던 여섯 살의 어느 해란다.

푸른 대숲이 만월을 이고 있던 밤이었다고 한다.

귀뚜라미도 울고 있었다.

먼 이웃 마을에서 다듬이 소리가 소슬한 바람에 묻어오던 밤이었다.

하늘에는 미리내銀河의 부푼 물이 구비 흐르고 있었다. 오동잎이 뜰에 깔린 밤이었다. 새로 바른 창호지에 푸른 달빛이 스며드는 밤이었다고 한다.

관冠을 쓴 어른은 장죽長竹을 털며 밝을 명明 자를 가리키는 것이었다. 어른은 수염을 가르며 근엄하였다. 처음 대하는 글자에 소녀는 눈을 깜박였다. 콧잔등에 송글송글 땀이 솟았다.

이윽고 모기만 한 소리였다.

날[日]도 밝고, 달[月]도 밝은 것으로 미루어 필시 밝은 뜻이라 아뢰었다. 음은 대지 못했지만 뜻은 제대로 짐작해서 풀이했던 총명이었다.

인물은 내사 사양하나, 고로古老의 입에 침이 마르던 게 아슴프레 떠오른다.

지금 세상 같으면야 철 안 들 나이에도 조백무白이 환했고, 침선針線 솜씨가 도저到底했단 말도 밖에서 들은 이야기다.

한 무릎을 세우고, 두루마리를 손에 감으면 비단 목에 수 올린 사연이었다.

상살이[上書] 편지는, 으레 쓰이는

문안 아뢰옵고에서 비롯은 하지만 장황한 서두를 접기만 하면 말미에 이르기까지의 문장은 어디 내놔도 본보기가 될 만하다.

해남 이실李室이 되기 전에 세의世誼가 있던 권문의 도령과 혼담이 있었다는 외삼촌의 말이었다.

태극선을 흔드는 여름밤이었다.

넓은 대청마루에서 한산韓山 세저細苧에 다림질을 하고 있었다.

아마 두 끝을 팽팽하게 맞잡고 늘어지면, 빨간 숯불이 실린 다리미가 물이랑 위를 떴다 잠겼다 했으리라. 모깃불에 옥수수를 구워 먹던 밤이었겠지.

희미한 달빛이라 별들이 보석처럼 뿌려진 밤이었다.

갑자기 천지가 어두웠다. 먹구름이 휘모는 소낙비가 아니었다.

월식이었다. 놋대야에 먹[黑]물을 풀었다고 한다.

어쩌면 그리도 선명하게 달을 삼켰다 토했다 하는 짐승의 아가리가 보이는 밤이었다.

달이 뜨거워 머금었다 배알았다 하더라는 밤이었다. 운치는 있었지만 몽매한 나라의 밤이었다.

열한 살 동갑의 글방 도령으로, 생월생시가 좋다는 중신어미와 함께 놋대야에 둘러앉아 달을 송두리째 아주 삼키면 어쩌나 싶더라고……

아무튼 양가에는 길이 막혔다. 새암 많은 올케가 억지로 겹사돈을 맺게 한 탓이다. 남 주기는 아까우니 친정 사람을 만들자는 까닭에서다.

신방에는 변기부터 놓여 있었다. 어린 신랑이 배탈이 나서였다.

밤새 요강을 타고 있었다. 요강 안에선 우레가 쳤다.

신랑은, 아직까지 뽕나무 회초리로 종아리를 맞더라나. 신부 앞에서 매를 맞고 울고 있었다. 글공부에 재미를 붙이지 못했으며 장난이 유난스러웠다. 신부도 감싸주지 못할 일을 자꾸 저지르고 매만 맞았다.

신랑이 피가 나게 매를 맞으면, 신부는 먼발치에서 얼굴을 가렸다. 그리고 숨어버렸다. 그곳에서 혼자 울고 있었다. 신랑과 같이 아파서가 아니라 분하고 부끄러워서였다.

우리 어머니는 인생 오월의 사랑을 전혀 모르고 살아왔다.

볼이 앵두처럼 달아오른 숨가쁜 사나이를 느끼지 못하고 시키는 대로 원삼에 싸여 가마를 탔다.

무엇이 사랑인지, 알듯 말듯 구름이 스쳐 간 호수였다.

신랑이 손아래 소꿉친구였다. 그러나 남의 구설에 오르면 언짢아진 아주 남은 아니라고.

신부는 남편을 보고 시집 온 게 아니었다. 막연히 시댁으로 시집을 온 것이다.

진종일 공수가 아니면, 은쟁반에 물그릇 받들듯 떨리는 조심뿐이었다. 기댈 곳도 없고 안길 곳도 없었다. 법에 묶인 오솔길을 받들고만 살으랬다.

3

아버지는 바람……

서리 묻은 하늘에 기러기는 빈 입으로 울고 갔다. 그리하여 방은 늘 비어 있었다. 매 맞던 신랑이 상투를 자르고 돌아왔다.

머리에 기름을 바르고 갈라 붙였다. 동백기름이 아니라 포마드였다.

다음 돌아올 땐 양복을 입었었다.

추억에 의하면 넥타이는 멋이 있었지만 색안경이 어쩐지 불량기가 있어 보여 싫더라는 이야기였다. 웃어른의 풍안風眼은 위엄이 있어 외려 좋아 보였다는데도, 비슷한 모양 비슷한 색깔이 섭섭할 정도로 격이 멀었다고 한다.

그러나, 꿈에 용 뵈기로 거쳐만 갔다.

한번 떠나면 밑자리가 질겼다. 그리고 건망증이 심했다. 남편은 도무지 향수鄕愁라는 걸 모르는 눈치였다.

돈은 청루靑樓에 뿌리고 몸은 유흥으로 수척했다. 지쳐서 돌아와 몸살이 풀리면 어디론가 훌쩍 새어나갔다. 허구한 날 방이 빌밖에.

그래서, 우리 어머니는 잠옷이 따로 없었다.

입은 채 뜬 눈으로 밤을 밝혔다. 긴 실끝을 잡고 밤을 누벼갔다. 까만 끄림을 마시며 지루한 밤을 누벼갔다. 후우, 후…… 인두를 불면 찬기가 가셨다.

씨앗을 보면서도 눈에 불을 켜지 안 했다. 우리 어머니 고운 눈물은 남편의 외박이나 유랑에 대한 저주나 원망이 아니었다.

차분한 천성 탓이었다. 그리고 탕진에 대한 슬픔 그것이었다.

큰 뜻을 품은 망명이라면 울지 않았을 게다.

신라 천년이 알알이 구슬이듯, 외롭고 서러운 숱한 밤을 눈물로 바래 가는 옥양목이었다. 손톱 밑이 까맣게 멍이 들어, 피맺히게 누비는 바늘 하나로 거덜난 집안의 기둥이었다. 저미고 뼈가 휘었다.

가운家運은 침몰하여 거미줄이 쳐지고 쑥밭이 되었지만 함께 가라앉은 조용한 자세로 견디고 있었다.

울 어머니는 영대가 밝지 못하시다.

무거운 것을 일으켜 세울 뚝심이 없으시다. 잔꾀나 요령도 없으시다. 견디고 참아나가는 끈질김뿐이었다. 원칙을 바꿔 살길을 찾는 융통성도 없으시다.

울 어머니 막다른 길은 낙화암, 백마강의 꽃잎이 되었을 거다.

외아들이 장성토록 닻을 내리지 못했다.

역마살은 없었지만 낯선 항구로 떠밀리는 뜨내기였다. 울 어머니 앉은 자리는 아무도 모르게 패어 있었다. 땅이 꺼지는 한숨 때문이다.

아침까지에도 아들의 기침은 들리지 않았다. 신발 소리마다 문을 열었다. 어디서고 신명나게 종을 치는 이가 없었다.

새벽닭이 울 적마다 두 활개로 기도를 드렸다.

울 어머니 종교는 신령神靈이었다. 하늘을 움직이는 지성으로 노를 꼬듯 손을 비볐다. 추운 날 얼음을 깨고 머리를 감았다. 그리고는 엎드려 손을 비볐다. 흰옷 입고 육신을 태우듯 절만 하였다.

밝은 지혜는 다시 어둔 무식으로 돌아가야 후광에 안기노니, 신앙은 차라리 어리석고 고되라는 터득에서다. 벼랑이 뚫리는 희미한 음성으로 아들의 객침에 씌어대어 재앙의 방패가 되랬다.

울 어머니 분결 같은 그 살결은 백일을 하루같이 피를 걸러서다.

태산은 무너지지 않았다. 아들은 탕아는 아니었다. 다만 고향이 싫었을 뿐이다. 아들의 목에도 이 어머니의 기도하는 모습이 걸려 있었다.

4

젊어서는 마리아상!

이제는 학이시다. 칠순이 넘어 돋보기도 없이 양지 바른 마루에서 신문을 읽으시니 희었다가 다시 검어질 학이시다.

아니면 청자 접시에 고인 향귤香橘이시다. 새댁처럼 단좌하고 계시면 물씬물씬 향내가 난다. 새 옷을 갈아입으시면 사뭇 첫물 물오이 냄새가 난다.

울 어머니는 주위에는 먼지가 없다. 잡스런 것이 범하지 못해서, 젊어서도 그랬다지만 칼을 품고 왔던 사람도 버리고 가야 할 그런 모습이다. 한결 같은 마음이라 지금도 잔 말씀이 없으시다.

품위는 난蘭이지만 어쩐지 가냘퍼서 비기기가 싫다.

그런 눈으로 먼 산을 보지 마세요. 허무한 거야 어디 인생뿐입니까? 모든 것이 덧없기가 물거품이라는데.

제 방으로 오셔서 얘기책을 보실까요?

모든 것에서 일손을 놓고 한가롭게 지내세요. 하신 일만으로도 장하고 훌륭하셨습니다.

치아가 성하시니 오래도록 수를 누리시고 귀한 어른으로 높이 앉아 계십시오.

5

울 어머니 한평생은 내 문갑 위에 놓인 화첩.

언제나 비단보를 풀어, 손을 씻고 펼쳐본다. 더운 온실에도 아름다운 채색에 찬바람이 인다.

내 모두를 바꾼 보배도, 뜨거운 사구砂丘를 맨발로 함께 넘어온 그이도, 이분만은 어쩌지 못한다.

어머니가 안 계시면 나라 없는 민족과 같다. 그분이 안방에 앉아 계셔야 식전式典에 국기가 나부끼듯 자랑스럽고 든든하니 말이다. 삼성선현三聖先賢도 다 어머니가 계셔서 태어났다.

우리나라 산으로 치면 백두산이시다.

꽃 · 2

꽃은
무덤 위에 피워야 하고,

씨앗을 뿌릴 때는
가시관을 써라.

꽃에는
아픈 눈물이 얽혀 있다.

폭풍과 파도가
휘어 잡힌

먼 산 너머 마을의
채색

삼등열차三等列車

여기는,
영웅도 피에로도 없다.

여덟 달 동갑끼리
녹슨 바늘로 유행가를 틀면

엿가락처럼 늘어져
눈물어린 산기슭을 돈다.

곡이 끝날 때마다
엄지를 세워 흰 박수를 치자.

외동딸의 머리 위에
낡은 헝겊으로 리본이 접히듯,

느릿느릿 스쳐가는 초가집엔
그런 대로,

한 그루 동백이 낮등을 켰고

푸른 버들은
해어진 깃발을 흔든다.

부끄러운 어제에 연꽃을 피워
눈들을 맞췄걸랑

다음 역에 내려서
맑은 우물을 파라,

땀내 나는 삼베옷 기운 채 입고
아기별을 기를 일이다.

태교胎教

가리는 것이 많아야 한다.

사나운 일진에는
씨앗을 받지 마라.

아름다운 것을 꿈꾸고
오직 사랑하기만 하라.

참회와 기도로
말갛게 피를 걸러라.

네가 보아온 어느 모습도
바라지 마라.

옛 어른을
닮으래라.

새순이 돋아나듯
해가 솟을 때
비로소 몸을 풀어라.

남의 젖을 물리지 마라.

어두운 슬픔은 네가 두르고
밝은 빛만 수놔서 입혀라.

오월의 시

오월은 혼담이 무르익는 달
오월은 첫아이로 배가 부른 달

꽃은 내외법이 없이
마주 웃다 돌아서고

새들은 연서 대신 노래를 부르며
구름은 또 청자항아리를 끼고 누웠다

오월은
지난달의 잔치로 살이 찌는데

나의 조국은
야윈 망아지의 목장

유산遺産*

할아버지의
비문에선 땀내가 난다

그래서
우리집 우물맛이 다나보다

양지 바른 잔디 위에
잔을 올리면

내게서도
내게서도 땀내가 난다

초생달이
자갈밭에 꽃을 피우던
그 땀내 말이다

---

* 시 「유산」은 《월간문학》(1976. 8)에 「비문碑文」이라는 제목으로 발표했던 것을 제목을 바꾸고 내용도 일부
수정해서 시집 『산조』에 실림. 발표 당시 2~4연의 원문은 '우리집 우물맛이 단 것은/그 땀내 때문일라//
양지 바른 무덤 위에/잔을 올리면// 네게서도/네게서도/잊혀진 땀내가 날게다'임. 시 「비문」 전문은 본 전
집 5부에 있음.

산[*]

산에는
거울이 걸려 있다

내게도
착한 얼굴이 있었구나

산에는
쓸쓸한 굴욕이 없다고,

비 멎은 뒤의 푸른 하늘만
나부낀다

토끼, 토끼, 산토끼, 줄을 지은 산토끼들

초롱초롱 밝은 눈은
고작 행군 머루알,

발간 보조개로
구면舊面처럼 웃는다.
야호,
이웃을 느끼는 소리.

찬밥으로 자란 애는
산으로 모이렴

짐승도 꼬리치는 품 안으로.

산엣글은
다듬을 게 없다.

시냇물로 흐르는 가락을
야금야금 짜개서 발표하라.

---

* 시집 『산조』(1979)에 실린 시 「산」은 시집 『산조여록』(1980)에 수록된 「산·1」, 「산·2」, 「산·3」과는 다름. 실제로 시인은 3편의 시를 발표했는데 시집 『산조』를 묶는 과정에서 3편의 시가 혼합된 것으로 보임. 감태준의 증언에 의하면 당시 시인이 병상에서 외운 시를 적어주었다고 하는 것으로 보아 착오를 일으킨 것으로 추측됨.

홍타령

날더러 가라시면,

잿빛 회오리에
무너진 하늘.

일월日月도 낯을 가려 그믐에 갇히우고
이웃마다 등불을 껐다.

돌아보아야 귀먹은 벼랑
피 흘린 머리로 종을 울린다.

나알더러 가라시면,

눈보라에 등을 밀린
허허벌판……

맞지 않은 열쇠로
문마다 두다리는 원통한 울음.

뉘누리에 오색을 풀어
저마다 꽃무동을 섰는데

어찌하여
쑥대밭에 눈이 부은 우리들.

제4부　『산조여록』

병상일기病床日記

창窓 너머 즐거운 움직임이
나와는 무관하다.

기도와 속죄로
마음을 밝혔다.

배에 칼질을 하겠다니
그런 수모受侮가 없겠지만

물그릇을 비워둔 채
고분고분 착해졌다.

어둠으로 향하는 두려움이
한결 가셨다.
홑이불로 가려서
돌아와도,

예를 갖추어
거친 말은 삼가시오.

울음소리는
담 안에 가둘 일.

시야가 흐리거든
외면하구료.

조객들이 흩어진 뒤라면야
긴 속눈썹에 이슬을 달아도 좋소.

흙이 되어
지킬 테니

기죽지
말아주오.

시든 꽃잎이
다시 피듯

혈색 도는
꿈 같은 보름.

변모變貌

날은 내 세월은
못할 짓이 너무 많았다.

불륜도
할 말이 많은

달라진
세상世上.

아비를 죽여도 이유가 장황하다.
누이를 아내로 맞아도 이웃을 두었다.

그런데도 붐비는
성못길의 장사진.

바른 길을 걸었던 혼령 앞에
고개를 숙이잔다.

조석朝夕으로
물 주듯이

옛글 되새겨

어린 핏줄을 가꾼다.

어릿어릿
낯설다지만

바뀐 것이
없네.

창

해거름엔
문 밖에서 길게 울었다.

홀어머니 등에 업힌
외아들.

다시 보아도

오솔길은
비어 있었다.

늙은 소나무에
달이 얹히면,

모필 같은 수수목이
고개를 떨구었다.

짐승도 목을 끌어안는
대숲 마을은

한물간 여인의
눈매.

창가에는
잔이 비어 있고,

뱃고동 소리에
살이 야윈다.

길 · 1[*]

내게로는 증조부가
이씨 문중의 큰 인물인데

그분의 아호가 스스로
소호小湖였다.

우리 애의 항렬이
어리석을 우愚,

잘난 틈에 끼어
그러려니 알고 살아왔다.

낮잠이나 자야 할
미친 열두 번

일 없이
광을 내다

논도, 밭도
다 떨린

* 시 「길」은 5부에 실린 「길」(《현대문학》, 1963. 6)과 달라 「길 · 1」로 함.

수줍은
한 해.

피에로

우레를 몰고 온
낙화였다.

지폐처럼 뿌려진
흰 손뼉.

영웅은
소리 속에 태어나
소리 없이 가버린다.

구리를 끼고도
순금으로 빛낸 이름

피에로,
그대의 죽음은 식은 노을빛.

노래가 끝나기 전
막이 내린다.

남도창南道窓

발을 구르는
황토길,

떴다 잠긴
눈썹 달아

가락은
구비 꺾인 강물.

손뼉을 치면
하늘과 땅이 맷돌을 가는데

머리 풀고
재 넘어가네.

피를 토한
허허벌판에

앞을 막는
눈보라.

시론詩論

1

시란 모름지기
땅 끝에 걸린 원경遠景

고인 눈물로
무지개가 뜬다

시인은
가둘 수가 없다

겹겹이
에워싸아도

어둠 속에서
밝은 노래로 길을 뚫는다

막막한 모래밭을 거쳐야만 하지만
한 그루 나무로 호수가에 서다

그런데도
요즘 시는 다리에 쥐가 내려

자꾸 쓰러진다

2

시가 토란처럼 여물자면
차라리 바람기가 낫다
거짓은
사약死藥

코밑수염을 가꾸더니
벌레에 먹혔구나

배만 쓸어도
손이 무디는 법

단 위에 오르기를
주저하고,

어른스런
탈을 벗으렴

한평생 느긋하게
파리만 날린들 어떠랴

시란

홍수에 버티는 말뚝

옹색하게 자라지 말고
넉넉하라

시도 과즙처럼
가을에 단물이 들어
겨우 내내 식는다

들녘에서

우리네 가을은
익기 전에 이미 팔려 있다

새야, 새야,
청포장수 울며 가던 파랑새야

젊은이야, 젊은이야,
풋나락인 젊은이야

높푸른 하늘 아래
비어 있는 들녘인데

날고 뛰는
젊은이야.

김포공항金浦空港 · 1[*]

김포공항金浦空港엔
이슬이 내리지 않는다.

눈물 없는 이별로
붐비니까.

흐린 날에도
태양은 솟아

떠날 때면
모두들 웃는 얼굴

추녀 밑에 꽃을 피우듯
경축일의 태극기처럼

손을
흔든다.

슬픔도 아픔도
쓰레기로 버린 다음

손 흔들며

손 흔들며 날개를 편다.

잘난 이만 들고 나는
김포공항,

하늘에서 내리는
어깨 넓은 사람들

팔을 번쩍 들어
굽어보네.

나야
어리석은 씨알

김포공항을 벗어나면
뿌리가 죽는다.

* 시 「김포공항 · 1」은 같은 제목의 시(《지성》, 1975. 5)가 있음으로 번호를 붙임.

자다가 일어나

아내는
미쳐 있었다
새벽 기도로.

내 눈물 속의 아내는
실성거렸다
은행나무 허리에 금줄을 감고.

낙엽이 마당을 쓰는
초겨울

자다가 일어나
벽에 기댄다

범이 우는
산사에 갇혀,

마운 사람도
사랑하는
바람 앞의 호롱불.

주둥이가 노란

제비 새끼

딸도,
아내도,
뱃머리를 돌리는 발굴음.

지금쯤,
아내는 목에 염주를 걸고
활활 불타 있을라

조이는 가슴으로
기미 낀 얼굴.

눈물

내 살가죽은
매로 다스리지 못한다.

내 쓸개는
황금수레에도 실려가지 않는다.

눈물이면
무너지는 모래성.

손에 쥐었던 구슬도
즐거이 놓치고

기어오르던 묏부리도
사양하여 길을 비친다.

눈물로 떠맡은 빚을
눈물로 풀려났다

더는 크지도 작지도 못한
내 그릇은

오로지

이 눈물 탓이다

고향 · 1[*]

1

여명

한눈에 주름잡힌
구만리

포기포기
물먹은 배추 속

물 좋은 생선으로
살이 찐다

죽마 타고
돌아온

닻 내린
항구,

하얗게 바랜
갈대꽃으로

네니 내니
입이 험하다

저 목화밭엔
불이 붙겠지

댁호宅號가 해남댁인
우리집 새며느리

어머니가 걸으신,
할머니가 걸으신,

외줄기
발자국……

들국은
미리내의 별들을
마구 뿌렸고

동백은 또,
눈 속에서 식지 않는 심장

병객이 누워
옥색 하늘을 본다

2

주말이면
탈출하는 서울

아침부터 들떠서
버스를 탄다

가벼운 차림으로
소풍 가는 어린이

바다가 뚫리고 하늘이 뚫리는
맑은 공기에

짜증도 심술도
가시는 곳

고향은
폐에 좋고

차디찬 수족이
구들처럼 더워온다

젊은이여
신부의 손을 잡고

고향에 들리렴.

기도

하나님,
굳이 예수 그리스도의 아버지가
아니신들 어떠리까

막다른 골목에서 울부짖는
외마디 이름이여

목이 타는 가뭄
바라는 것은 없습니다

저의 기도는
구함이 아니라, 뉘우침뿐이오니
내키시면 들으시고 거슬리면 버리시압

제가 지은 죄만큼은
벌을 내리소서

뉘우치는 버릇이
멎을 때까지

착하디 착한 디딤돌만 골라
강을 건너리라

제 집 광은
항시 문이 열려 있습니다

남의 땅을 가로채
열매를 거둔 적도 없사오며

흑백은 가렸지만
이웃과 발길을 끊지 안 했습니다

갚지도 못할 전곡錢穀을 빌어
베푼 일은 있습니다

사랑에 눈이 어두워
한 여인과 새끼손가락의 고리를
풀기도 했습니다

진실은
둘일 수 없다고 믿었기에 말입니다

이 일로 인하여 노여우시면
달게 받겠나이다

빚지는 용서는
사양하오리다

아픔으로, 얼룩진 문신을
씻게 하옵소서

그리하여 스스로
제 몸을 가볍게 하오리다
하나님

힘겨운 일로
남에게 상처를 입혀 뉘우치오나

속임수로 이룬 것은
여기 아무것도 없나이다

손을 털어도
아까울 게 없습니다

뉘우침뿐입니다.

섣달 모일某日

옷이 무거워졌다

밤마다의
미열

뿌리 옮긴 난초도
시름시름 수척하고

한숨소리,
기침소리,

소나기로 몰고 가는
솔바람 소리, 파도소리,

밖에 누가 왔소?

개가
짖는다

별 밝힌 창에
누에처럼 고개를 든다

발돋움보다도
봄은 멀리 있는데

발가벗긴 버드나무끼리
끌어안고 운다

미나리강이
어나보다.

참선

때 없이
무릎을 꺾는다

두 발을 포개고
단전에 손을 얹는다

실눈이 감긴 채
거친 마음을 짓누른다

내 병엔
약이 없다

피를
거르는 일,

부끄러워
달무리가 어찌 뜨나

나의 신앙은
장황한 설교를 거치지 않았다

멍청하게

앉아 있으면 된다

술독을 치운 지 오래다
담배도 끊었다

이른 새벽에
냉수를 마신다

꿀 한 숟갈
양젖 반 컵이면
넉넉한 양

내 인생도
이토록 적게 채우련다

냉큼 다 버릴 수는
없을까.

낙일落日

사위는 불씨로
고르고 고른 생각은
조상님네 기일忌日에 일군 떡쌀,

흰 옷 입은 새댁이
머리 빗고 다듬은 파뿌리

구곡을 걸러온 산골물에
손이 시린 도라지나물.

내게 빛을 내리신 십자가는
우리 어머니 무덤에 핀 꽃이었다.

주일마다
아내가 들려준 태초의 말씀도,
스님들이 전하는 부처님의 가르침도,

이미 귀에 익은
당신의 음성

넘칠 듯 말 듯
차분차분 고인 눈물.

우리 어머니 걷던 길엔
기러기가 떠 있었네, 외줄기 외씨 버선

악녀도 젖을 물리면
성가가 울리는데

우리 어머니 바탕이야
비단 아니었나.

찬바람에 누워 계신 잔디밭에
해가 저문다.

귀로歸路

제2한강교로 접어드는
쾌속 코스

한 컽, 한 컽, 새겨둘
다정한 풍경.

춤추는 가락도
고향을 들추면 슬프구나

아, 밝은 태양 푸른 하늘,
매운 갓김치와 진상품인 토하젓

스쳐간 마을처럼
멀어만 가는가.

웃음으로 얼버무린
마지막 단락團樂

아내는 손목을 쥔 채로
외면한다

상추쌈을 즐기는

눈 큰 여인.

친구야, 친구야,
밧줄이 끊기는 친구들아

명의도 수저를 놓아
초抄읽기에 몰리는 귀로

손

고맙네. 이 때 묻은
넥타이를 받아주니 고마우이.

어색하게 끼고 다닌 백금 한 돈 오 푼
이건 너를 주마

라이터도, 담배쌈지도
누구의 손엔가 건넸네

그리고 나니
심심해서 죽겠다

수석 한두 점 얻었고
서화 몇 폭이 손에 들긴 했지만

날개가 돋은 지
오래였고

풍성한 식탁에 앉혀
먹였으면, 먹였으면, 신물나게 먹였으면.

가난은 슬프지 않아도

주고 싶어 쓸쓸하다

너를 위해
내 손에 구슬 한 개쯤……

무제 無題

눈물로 쓰여진 내 시 한 편이
눈물에 씻기운다

자다가 문득 눈물로 얻은 시를
눈물로 지운다

풀 한 포기 자생할 수 없는 이 박토에서
천재여 네가 자라기엔 너무 허약하다

고향을 잘 만나
태어나렴

요다음 뿌려질
씨알은,

뻐꾸기가 숨어 우는 깊은 숲속에서
입덧난 임부마다 빌어주마

남도南道가락

닭아,
유황빛 눈으로 알을 낳는 닭아,
너도 아픈 몸짓으로 육자배기를 뽑는지
턱을 떠는구나

가이내야 가이내야
엊그제 겨울을 넘긴 야들야들 동배추야
술상을 들기에도 숨이 가쁜 가이내야,
가는 목에 힘을 주면 자지러진다

구름에 갇힌 달이
해바라기만큼 피었구나

하늘로 치솟았다 땅으로 내리꽂히는
물줄기가,
굽이굽이 끝없이 꺾여 돌아간다

네 무릎을 베면
촉촉한 밤이슬

보리 익어가는
징그러운 여름낮

앵속罌粟갓으로
맥을 추리듯
남도가락 듣고 나서야
포도시 붓에 힘을 준다

이토록 애절한 정을

그 두려운 영원에서
용케 풀려나와

이른 아침부터
손발을 씻는다

오늘은
친구가 온다는 날

문 밖에서
까치가 울겠지

월척 잉어 한 마리가
꼬리를 치며 목포역을 떠났다는 기별

누런 갑옷에 수염을 달고
차재석車載錫과 동행했다.

파래 향기로 해 뜨는 바다를 불러일으킨
내 아우 우록友鹿의 정성

"안됐다"고 혀 한 번 차기가

명동·땅값만큼 폭등한 세상인데

오래 곰삭은
더운 입김으로

크게 봐줄 듯이
살기만 하라네

망향가 望鄉歌

내 담배 연기에는
항상 멍석만 한 만월 걸려 있다.

윤고산의 옛집인 연동을 지나
길은, 한듬절[大興寺]로 이어가고

오늘도 무사한가

동백꽃이 타는 마을의
착한 씨앗들.

산 넘어 시집간 난이도
사슴을 기른다는 봉호鳳皓도
이제는 반백半白이 되었다지.

타관밥에 잔뼈가 굵은
오, 나의 기도여!

가고파라
화원산花源産 무명옷 다시 입고.

더러는 앞서 간 사람들의

슬픈 소식이

12층 '빌딩'에 가린
남쪽을 보게 한다.

이제 내게 남은 것은
그리운 친구들의 이름뿐.

미소微笑

당신의 웃음은
눈부신 보석.

아니,
이른 아침 해돋이.

내 담배 연기에는
항상 만월이 걸리고

더러는
목단牧丹이 열린다.

세월은
음악처럼 흐르는데
물안개 속에서 피어오른
아, 당신의 치열.

아름다움은
차라리 이별,
행복을 비는 기도로
가뭄이 풀린다.

월하月下에 이화만개梨花滿開

열두 줄 꺾는 가락에
구름이 쏠리더니

달과
배꽃이 함께 피어나다.

미리내의 잔별 같은
촛불을 끄고
미닫이를 열련다.

어둠에 갇힌 시름
눈발처럼 바래져

온 누리가
내 맘같이 희고녀.

배꽃이
학처럼 춤을 추고
만월이
늙은 소나무에 업히며
오지 않아도
사랑은 뜨거워라.

내 시력視力이 밝아진

하루쯤은
닻을 내리기로 하자

남보다 더 많은 길을
걸어온 당신.

낙엽이 쌓인다기로
아직은 이른 추억.

내가 넘어야 할 산이
첩첩한 전날 밤.

우리들은 차분차분
얼레를 풀어

당신 하나만으로
손에 든 보석은 모조리 버렸노라.

더러는 막간에서
인생을 메우고

사랑 앞엔

은발銀髮도 어려지데.

소피아,
가을이 싫다던 당신이

서리 위에
꽃을 피우는가.

아, 내 시력이 밝아진
주말.

원경遠景

새파란 보리잎이
난초처럼 멋이 있고, 어느 꽃 지지 않게 아름답다.

고단한 생활도
이렇게 멀리서 보면 한 폭 그림인가.

해어름에 은은한 종이 울리들
기도할 여유가 있으랴.

잊었다 생각난 듯 미풍이 일면
온통 구겨진 바다가 되는데

두둑에 서서
시를 쓴다는 내가 부끄럽다.

그러나 큰 애기가 나이 차면
풋보리를 먹어도 흰 살갗이 부풀어

보리밭에 만월을 파고
사랑이 익는다나.

하늘이 진정 뜻이 있으시면

뇌화雷火는 내게 내리시고,

이 마을에
소담한 복을 주소서.

산 · 1

산에는
거울이 걸려 있다.

내게도 착한 얼굴이 있었구나.

불화한 이웃끼리
손 잡고 오르는 길

산에는 항시
비 멎은 뒤의 푸른 하늘이
나부낀다.

아, 나는
파도를 굽어보는 겸손한 영웅

산에 와서
쓰레기를 치운다.

당신의, 그 오죽잖은 출세와
더러운 치부, 그리고 거짓 명성을
산에다 반납하라.

짐승도 등을 쓸면
발목에 감기는 산

아침 이슬처럼
가난에 베푸는 눈물을 알고, 멋과 웃음을 깨닫는다.

우리집은
일요일마다 축제처럼 들뜬다.

산 · 2

-산-

산에는 거울이 걸려 있다.
나는 얼굴이 둘이었다.

발목이 묻히는 낙엽길에
고향이 비친다.

인생은 부끄럽고
쓸쓸한 것.

푸른 소나무 아래
파이프를 문 나는 백곰.

— 《시문학》, 1972. 2.

산 · 3

토요일 밤엔
산에서 잔다.

지기만 하는 경마도, 선거도
포카도 손을 털었다.

산에는
쓸쓸한 굴욕이 없다.

토끼,
토끼, 산토끼, 줄을 지은 산토끼들

초롱초롱 밝은 눈은
고작 행군 머루알,

발간 보조개로
구면舊面처럼 웃는다.

야호,
이웃을 느끼는 소리.

산에 오면

폼이 잡힌다.

비만한 자의 집권은 빛이 낡아
산에 와서 비계를 뺀다.

부두에서
하역荷役을 맡기기엔 뼈가 가늘고

귀여운 내 권속에게
꽃과 땀을 물려주자.

찬밥으로 자란 애는
산으로 모이렴.

짐승도 꼬리치는
이 품 안으로.

산엣 글은
다듬을 게 없다.

시냇물로 흐르는 가락을
야금, 야금 짜개서 발표하라

—《시문학》, 1971. 11.

춘한春恨

1

노란 자위에서
병아리가 실눈을 뜨듯

꽃구름을 가르고
너도 부화했다.

눈 맞추지 말아라
안쓰러운 각시들.

키가 묻히는
저 짐승 같은 파도와 산을 헤쳐
다시들 만나라.

뜨거운 포옹은
외나무다리를 건너서 할 일이다.

쌓인 눈밭에
외줄기 자국을 남긴 채,

저승 문을 두드릴 때에도

주먹은 하나로 포개어라.

2

봄이 되니까
어여쁜 살결에 기미가 낀다.

꽃처럼
가난이 창궐한 마을에도

새색시가
입덧이 났다.

부채살을 편 이 둘레에
고된 사랑이 여무는가.

사랑의 계절季節

음지로 모여 앉아
등을 기대자.

우리들의 청춘은
갈대꽃이 소조한 들녘.

까마귀 떼 우짖는
불안한 일진에도

너와 나와
도란도란 숯불을 피우자.

비가 내리걸랑
추녀 밑에 끌어안고,

검은 밤이 지루하면
햇살처럼 마주 웃자.

사랑의 계절은
봄이 아니라

차라리 겨울 눈보라.

여로旅路

한물간 여인과
마주 앉는다.

창 밖엔
흰 눈이 닻을 내리고,

낯 붉은 일들은
피해서 피해서 돌아온

곱던 이마의
잔주름.

아직도 말수가 적은
옛사람.

이렇게
한 번쯤은 은행이 열리는데

저 세상만,
저 세상만,
생각했네.

오수午睡

부채를 접는다.

그 솜씨 다 어따 두고,
그 솜씨 다 어따 두고,

눈발처럼 펼쳐둔
긴 두루마리……

누군들 안 해봤나,
누군들 안 해봤나,

한 항아리는 비워둔 채
낮잠을 잔다.

눈 뜨면 슬퍼져서
다시 감는다.

소묘素描 · 1

소녀가 지나가면
골목길에 꽃이 핀다.

추운 겨울에도
봄을 거느리는 나들이

어두운 밤
은촛대에 불을 켜놓은 듯
환히 밝아오는 둘레

언덕 위에
떠받드는 둥근달도
빛이 죽는다.

원경遠景을 보는 눈이 착하고
아름다운 것만 생각하는 너,

볼이 사과처럼 익어
반쯤 찡그리는 웃음.

긴 속눈썹에
이슬을 달아도 슬프지 않다.

내 등 뒤에 숨어
바람을 피하렴

비가 내리면
이 우산 밑으로 오라.

소묘素描 · 2

포기 포기
물 먹은 배추폭

오뉴월
눈을 쉬는 푸른 숲

양껏 먹고
물래가 풀리는 수면睡眠으로
사과처럼 볼이 익었구나

아기야
딸 같은 내 새며느리
무릎을 세워
버선코로 치마 끝을 물어라

고전古典으로 도사린 뒤
원서原書에 거치거든

노래를 들으면
난을 쳐서 먹내를 뿜어도 좋다

오나 가나

환히 밝은 내 며느리감.

춘정春情

참 희한한 일이다.

돌부처가
포옹을 한다.

푸른 이끼에
더운 피가 돈다.

얼어서 잠든 나무가
눈을 뜨나보다.

포동포동
물이 오르겠지.

부끄럽게 눈을 맞추면
뜨겁게들 사랑하라.

열 달이 지나면
첫 아이를 업을게다.

아! 이렇게 신나는 계절에도
이웃끼리 문을 닫는구나.

부산기행釜山紀行

1. 부두

자갈치 시장에서
소주를 마신다

뼈와 가죽으로
앉았던 자리,

외항선의 불빛은
물먹은 별이었다

포성이 뒤를 쫓던 저승의 문턱에서
외톨로 살아남은 슬픔을 딛고

이렇게 돌아와
멍게, 해삼, 아나고를 되는 대로
초장에 찍는다

2. 광복동

가이나야,

웃음소리가 너무 커서
눈물이 난다

고향에는
할머니가 기다린다

피색皮色이 다른 사나이의
팔을 풀어라

이 강산에 태어나

내 쓸쓸한 유품에선
마늘내만 풍길게다

권지삼券之三쯤 될까,
쉬지 않고 일궈온 내 모두의 뙈밭에다
깡그리 마늘씨만 꽂았니라

파양破養하고 돌아와
물 한 그릇 떠놓을 때

네 입에선
무슨 내가 나지

녹토鹿土 내 무덤의 호호 할미꽃도
별 수 없을라

네게 물려줄
서러운 마늘내

자랑도 부끄러움도
내게는 없다

이 강산에 태어나
구름처럼 흘러간 흔적.

못 · 1*

1

청자 울인 못에
옥색을 들이자

당신이, 한산모시
긴 치마를 입고
호붓이 숲에 앉으면

눈이 환해지는
못이 하나 패인다.

2

내 풀잎에 내린
밤이슬.

녹슨 수레가 돈다.

흐르다 멈짓한
구름처럼

나는
못 위에 잠긴다.

* 「못 · 1」의 1부는 《현대공론》(1954. 5)에 발표했던 것이며, 위의 시에서 2부를 추가하여 《월간문학》(1972. 8)에 발표하면서 개작한 작품임.

잔월殘月

하늘이 크시다기로
내 허물은 그 자락 밖에 있다.

설사, 굴레 씌운 눈물로
깡그리 지운다 할지라도

착한 일만 골라가며
내일을 살 자신이 없다.

전생의 어느 강물엔가 가발을 던진 뒤
내게는 믿음이 두려웠다.

타다 남긴 절터에서
술맛을 익혔고,

점잖이 권태로워
더러는 계집을 산다.

시와 사랑과, 섯다로
거덜이 났다지만

아직은 덜 가신

내 눈웃음의 장난기

안히리

달아, 달아, 고운 달아,
환장하게 밝은 달아,

시집 가도
대낮 같다.

뒤집은 버선목에
저쯔쯤 걸린 달아.

금지구역禁止區域*

코를 둘을 수가 없다.

조전弔電이 한 사흘 썩어서 왔다.

하기야 내 문갑 위에 놓인
모과도 향귤香橘도 사과도 다 썩어 있다

낙관없는 추사도 불상도
내 순정을 앗아간 당신의 시집도 지가를 올린 그리스도

그리고, 발가벗은 주간물도
네 결혼 청첩장까지도
깡그리 썩어 있다.

낚시에 걸린 월척 붕어도
식탁에는 올리지 마라

썩힌 것이 술이지만
위를 상했다.
성금을 모은 비석도 무슨 문화상도
더러는 맛이 갔다.

밤내 개가 짖어 잠을 설쳤다.
썩은 놈이 담을 넘어와
목이 곪는 라디오를 여순다

일요일마다 벌이는 섯다판의
삼 · 팔 광땅도 썩어 있었다.

내 오장도 흑산 홍어가 되어
방기放氣 냄새가 지독히 구리단다.

썩은 것만 먹여 키운
내 귀여운 어린것들

머리가 굳으면 고전古典도 안 듣는다
오던 길로 되돌아가라.

* 「금지구역」은 발표 지면(《현대문학》, 1970. 1)과 달리 4~5연이 삭제되어 네 번째 시집 『산조여록』에 수록
되는 과정에서 누락되어 바로잡음. 시집 『산조여록』(1980)은 시인이 작고한 이후에 발간된 것으로 시인이
수정한 것이 아니라 시집 수록과정에서 누락된 것으로 보임.

도박 賭博

장미로 가졌더니
호박꽃이 피었다.

손끝을 빨며
먼 산을 보렴.

불을 가리고
밤 문을 열어봤다.

혼자만 속삭이라
부끄러운 보석을.

남들이 웃거들랑
파도를 누르고 너도 웃어라.

무겁게 입을 닫고
에누리는 말자.

인생은
제비뽑기……

노을이 타는 언덕에서

휘파람을 분다.

잡가雜歌

가난은 하지만
진장 맛이 희한했다.

어인 일로
갑부도,
명사도,
다 날림인가.

잔치마다
불청객이 설치고,

뒷문이 허술한 꽃밭에는
모래로 다진 탑신이 기울었다.

버려진 조약돌에
자물쇠를 채워두마.

내 살던 이승이
개천開天으로 불리울 먼 훗날에도
곱게 앉힐 푸른 이끼.

참말이지

반할 것 너무 없어

울먹임성 일 년 열두 달
사랑, 사랑, 내 사랑,

꺾고 꺾어도
가락은 목이 뽑힌 만리성萬里城.

고도산견古都散見

1. 경주행로

운무를 걷으며 구슬을 헨다
고달픈 걸음으로 구슬을 헤자

낙엽을 밟고 떠나, 진달래 산화山火를 끄랴

팔을 벌리고 맴을 돌아야, 설지도 익지도 않네

수인사랄 게 있나? 오명 가명 마주치자 빙그레 웃었을 뿐……

2. 능

"땅에 묻혀도 위엄은 제대로!"
저쯤, 능이니 예사 뼈가 아니겠지
여니 사람이라 기가 질리는데, 예사 자리에 곳곳마다 오연하다

무료無聊로 기른 청솔인 듯, 더러는 서 있고 때로 늙은 소가 유유이 메
여 등을 훑는다

3. 고가유정古家有情

천년 묵은 학으로 부연을 뽑아
검은 날개의 군무가 한창

먹물을 풀어 월식을 돋구듯
이끼 입은 와가에 단 달빛으로 채색하자

백서白書에 골고루 들추어보기란,
잠에 떨어진 사원 반륜半輪……

4. 첨성대

창문을 열어
멀리 티어야 했다.

구만 리를 당기는 그의 소견,
앞이 흐리면 갑갑했다.

밤마다 별을 살피게 하여
촉기 있는 눈을 닦았다

5. 계림

구름 같은 흰 수염을 쓸어

만면에 봄이었다.

(설사 버린 아기일지라도)

푸른 산에, 냇물은 부풀고
무지개는 분수로 솟아

콩을 팥이라 들려도
어진이는 되묻지 않았다

품 안에 들면
모두가 나의 하늘.

6. 반월성

다락 같은 말 위에 올라
살은 죽지를 꺾는다.

흩어진 꿈에 시름 놓고 거닐란다

달무리로 화문花紋을 깔아
이 밤은 예서……

아름다운 이별은 있어도
부정한 사랑은 없겠다

나만 머물러 견디는 건
두고두고 네 탓이다.

7. 효불효교孝不孝橋

우리 어마니 병은
하늘을 가리운 밤마다……

번개도 노하는 어둠을 뚫고
씨어대는 가슴은 물을 건넸다

첫닭이 울어서야
한숨으로 맺는 이슬

하늘을 가리운 사랑이사
아들도 같았다

울렁대는 숨가쁨은
아들도 같았다

별빛이 부끄러운 뉘우침은
아들도 같았다

밤사이에 놓여진 돌이야
하늘도 땅도 두견이도 어마니도 지긋이 눈을 감기운 일

8. 포석정

판무식은 사치도 어려운 일
술잔은 낙화로 띄워 주지酒池를 말리던 곳

취하도록 독을 비워 시랑詩囊을 털었겠다?
하기야 무궁한 태평으로 풍악을 잡힐 양이면 극치로 한번 잘못 노릴
만하다

미녀 찢어진 소리로 낯을 가렸다 몸을 가누니 고작 지존의 검은 피가
곡수로 구비…… 즈믄 장강長江도 한낱 꿈결일레

탕진도 멋이 아니랴만 누누이 겹친 유업을, 포석정 놀이에 싼 홍정을
하였구나

9. 에밀레종

울리지 마라
잠자는 설움을 터틀지 말자
산발한 에미네가 머리를 틀어, 귀설은 푸념으로 실신한다.

눈이 처량한 파랑새나 한 마리
밤이면 종머리에 깃들게 하자
짓궂은 바람 앞에, 육중한 한숨이 새면
지초芝草마다 가는 허리를 떤다.

화환花環

태양이, 어둠을 가르는
진통을 겪을 때

우리들은
얼음 밑의 미나리순이었다

그날의 신명을
누군들 잊힐 리야.

온 누리가
뜨거운 포옹이었다.

흔드는 흔드는 태극기로
꽃이 피었다.

거친 물결,
험준한 산악, 단숨에 뛰어넘고

하나였던
그날을 되살리자.

흐르는 30년에

얼룩진 영광도

대하에 풀려가는
먹물일라

우리는
겨레의 합창대.

메아리로 몰리는
소용돌이가

장엄한 막을 올리듯
역사의 수레바퀴를 돌리리라.

내 새마을

내 새마을 인사는
한여름 미풍 같은 눈웃음

내일을 위하여
오늘을 참는,

노래하며
노래하며
즐거운 이웃들.

문단속이
없어도
좋다.

부드러운 음성으로
서로가 그늘을 드리우고

긴 여로의
신발을 매어준다.

축배祝杯
—23주년 돌잔치에

흰 눈을 이고 섰는
저 푸른 낙낙장송

오늘은 꽃다발로
줄을 이었네.

나도 전남일보의 물을 마신
어린 기념수였다.

시냇물이 흘러서 바다에 이르듯
모여서 합창하자 옛 동지들

아, 이제는 무성한 숲인
우리들의 고향.
강산도 두 번 세 번 변했을
스물세 해의 긴 긴 파도여, 산악이여,

오직, 피와 눈물과 땀으로 다져진 터전 위에
비바람 눈보라도 꺾지 못한 불사조여.

자유와 정의를 위해 불어온
전남일보의 나팔 소리는

항상
독자들의 그 뜨거운 심금을 울렸노니.
축배를 들자꾸나
그대여, 앞으로도
다정한 시민의 벗이 되고
등불을 다시 들어 앞길을 밝히라.
전남일보는 이제
결코 고독하지 않다.
싸워서 이기고 싸워서 굳힌 전남일보
형극을 헤치고 태산준령도 넘어온 전남일보
겨레와 더불어 큰 길을 달려
조국과 더불어 번영하리.
노래하자
노래하자
「전일全日」의 깃발을 높이 날려
밝고 아름다운 노래를 합창하자.
우렁찬 메아리에
해가 솟는다
아, 전일, 전일이여.

후기

    호랑이는 죽어서 가죽을 남기고, 사람은 죽어서 이름을 남긴다 하니, 시인이 갈 때 남기는 것은 시집이리라.

    선친께서는 시의 유산으로 『혼야』, 『강강술래』, 『산조』 등을 남기셨다. 『혼야』, 『강강술래』는 내가 너무 어렸을 때 일이므로 어떻게 발간되었는지 내 기억으로는 알 수가 없고, 『산조』는 자서에 밝혀 있듯이 선친께서 병상에 누워 계실 때 감태준 형의 따스한 정에 의해 엮어진 시집이다. 선친께서는 다행히도 그 견본을 보실 수 있었으니 진정한 의미에서는 유고집이라 보기 어렵다.

    그리하여 서둘러 유고집으로 『산조여록散調餘祿』을 묶게 되었다.

    선친께서는 꽤 오랫동안 서울에서 사셨지만 나이가 드실수록 답답해지고, 정이 들지를 않는다고 하셨다. 달이 지나고 해가 거듭해도 맑고 푸른 하늘이나 휘영청 밝은 달밤을 한 번도 못 보고 넘기는 수가 많다는 말씀이 지금도 머릿속에 생생하다.

    그래서 직장이라고 정을 붙이고 다니시다가 말년에는 그것마저 그만두시고 친구 분의 권유에 따라 시화전을 생각하시고 전라도 고향으로 나들이가 잦으셨다.

    돌아가실 때까지 그리다가 돌아가실 고향 땅의 밭둑을 거닐어보고 싶으셨던 것이다.

    그 푸른 보리밭이 너무나 그리워 병상에서도 슬퍼하셨고, 달밤이면 은녹색 파도에 헤엄치는 마음에서 어쩔 수 없이 시를 쓰셨던 것이다.

    그래서 선친은 어려운 은유나 상징이 있는 시를 멀리하셨던 것 같다.

    광맥을 찾듯 뜻을 좇아 고심할 필요가 없다고 하셨다. 쉽게 피부에 감기면 그걸로 족하다 하셨다.

시의 배열은 편의상 2부로 나누었다. 그러나 연도별이라든지 하는 것과는 아무런 상관이 없다.

제자題字를 써주신 김동리 은사님, 장정을 맡아준 박환용 문우 그리고 보이지 않게 시집 출간을 도와주신 문단의 선배님께 새삼 고마움을 느껴 여기 그 정을 새기고 싶다.

1980년 정월

사자嗣子 이우선

제5부 ┃ 시집에 미수록된
발표 작품

상열喪列

아담의 죄를 고이 이어
조상의 대물린 노역을 고이 받들어

영원한 후예로 옮아가는 족보에
울음도 웃음도 이름도, 죄— 옮았거니

백포차일白布遮日 밑 곱드란히 눈감아
멀리— 요령소리 가늘어지다

마리야 세포에 다소곳 태어나
만사 앞세워 다소곳 가노맨가?

—《조광》, 1943. 9.

별리부別離賦

넓은 가을 들판에
공동변소만 한 역이다

눈부시는 H장기章旗 흔들어
떨리는 소리 따라 너도나도 군가 부르는데
기차가 움직인다.

별안간 만세! 만세!
날뛰며 소리치는 만세! 만세!

가는 이 입 열어 빙그레 웃는데
눈눈에 눈물 고이어
처자도 늙은이도 따라만 온다

성스러운
님금께 받치는 목숨
슬퍼서 그럴 것이냐
슬퍼서 그럴 것이냐.

— 《조광》, 1943. 11.

기우제祈雨祭 · 2*

우러러 하늘을 본다.

사하라는
목이 잘린 낙타의 촉루

초복을 타고
중생은 쓰러졌다.
물 한 방울 흘려줄 인정도 없이.

지혜가 마르면
영물靈物도 어리석다.

마지막 소를 잡아라.
통나무로 무잿불을 올리자.

여기 모두
태고적 사람이다.

구천에 고하는 마지막 울음
징을 쉬도록 울려라.

---

* 시 「기우제」(《시정신》, 1952. 9)와 같은 제목의 시가 《현대문학》(1955. 10)에 발표되었는데 별도의 시이므로 번호를 붙임.

우러러 하늘을 살피자……

—《시정신》 1집, 1952. 9.

연륜年輪

낯선 금니빨로
무쪽을 뚝 쪼개는 소리였다
"참 얄궂다
날 모르능기요"

강한 악센트에 눈이 감겼다
푸른 옥니로 생긋이 봉례鳳禮가 다가온다

까만 오두개 나무를
둥그렇게 입고
노을에 사라지는 보조개 웃음

볼이 익으면서
조촐히 박꽃은 피더니……

낭자머리 무겁게 이고
황소 뒤에 양 같이 따라만 가던
우물집 고운 큰애기

어린 샛길로 피해 달아나면
초생달이 따라오듯 봉례鳳禮가 온다

—《시와 산문》, 1953. 10.

해후邂逅*

눈물이 먼저 내닫는 여인 앞에
나는 장승처럼 서 있다

"참 얄궂다
날 몰으능기요"

굵은 경상도 사투리에 머리가 흔들린다
지긋이 눈을 감았다

하얀 덧니로
생그레 복례福禮가 다가온다

까만 오두개 나무를 둥그렇게 업고
노을에 사라지던 보조개 웃음

볼이 익으면서
조촐히 박꽃은 피더니……

낭자머리 무겁게 이고
황소 뒤에 양같이 따라만 가던
우물집 고운 큰 애기

어린 샛길로 피해 달아나면

초생달이 따라오듯 봉례鳳禮가 온다.

―《협동》, 1953. 11.

---

* 시 「해후」는 앞의 시 「연륜」과 같은 시로 보이나 제목이 다르고 개작의 흔적이 있어 함께 실음.

들국화

은하에 별 열리듯……

우리 집 사립문엔
들국화가 피드니라,

물같이 흐르는 세월
덧없는 청춘의 이별인데도
고분고분 숙어진 숫색씨.

수수목이 늘어진 콩밭길을
눈이 흐려 돌아서면

행주치마에 손을 묻고
조용히 다가오는 서리 먹은 웃음.

뱃사람 사투리가 서러운 선창에서
저 혼자 가는 기적이 울고

금시 더워지는 눈시울에
함박눈이 쏟아지듯
들국화가 핀다.

—《시와 산문》, 1953. 10.

목련木蓮

나인은 아니었다
석녀도 아닌,
내 어려서 홀로 된 누님.

햇빛 쏟아지는 툇마루에
드리드리 사리고 앉아,

서투른 돋보기로 바늘을 잡으면
푸른 옥양목이 차지 않다.

달빛이 번지면 아이를 밴다는데
안으로 조용히 고리를 걸고……

무참하게 깔깔대는 복사꽃을
눈으로 나무래는 가슴이 붉어,

목련을 사랑하기엔
서른도 앳되다.

— 《신천지》, 1954. 4.

진달래

피 묻은 청춘이
뿌려둔 씨앗……

형제들은
애국에 취했고
나는 무안에 익었다.

온종일을
더운 그늘에 누워
불 뿜는 입김에
아, 설레는 마음.

―《현대공론》, 1954. 5.

봄 · 2*

연지빛 더운 구름에
아, 비로소 어지러운 나의 하늘.

아름아름 밝아오는
귀설은 소리……
이제사 나의 절벽은 뚫리는가.

이끼 입은 돌부처도
피가 돌아
나의 그리움에 사윈 청춘의 부활.

서라벌 한나절을 무지개로
아, 새로 듣는 이름에 취해오네.

― 《신천지》, 1954. 4.

* 첫 시집 『혼야』에 같은 제목의 시가 있어 위의 시를 「봄 · 2」로 함.

못 · 2*

청자 울린 물에
옥색을 드리자.

당신이
한산 모시 긴 치마를 입고

오붓이 숲에 앉으면
눈이 환해지는 못이 하나 패인다.

—《현대공론》, 1954. 5.

---

* 위의 시 「못 · 2」는 《월간문학》(1972. 8)에 발표한 같은 제목의 시로 1부에 해당한다. 2부를 추가하여 《월간
문학》(1972. 8)에 발표함. 본 전집 4부 『산조여록』에 수록되어 있음.

새해

양지로들 모이자
나의 병아리 떼

눈 속에 청산이 저리 푸르리,
이마 위에 틔어오는 원광圓光을 쓰듯

우리고 서릅고 추운 그믐밤에 서서
아, 찬란한 새날을 안아오자.

억울한 슬픔도 이미 떠나간 대잎배
핏줄을 튀기며 이어가던 마음마다에
장한長恨일랑 못 올 수레에 실렸으니

아, 올해사 우리도
보람있게 살자. 힘차게 이룩하자.

자, 깍지를 끼자.
찬바람이 스민다.
이제 퍼져올 햇살 앞에
꼬옥 꼭 깍지들을 끼자.

— 《동아일보》, 1955. 1. 11.

초상肖像

당신의 눈은
구름을 쓸어버린 하늘.

소리 없이 피는 웃음이사
산그늘에 도라지꽃.

휘이휘이 하늘을 감듯
잠자리 날개의 한산 모시

구슬은 굴리지 않아도 좋습니다
이만쯤 마주 앉아
여운을 여수는
귀만 밝히 오리니.

—《문학예술》, 1955. 8.

노을 · 1[*]

이젠 불붙는 고성古城으로
돌아가지 않아도 좋다.

오늘밤은,
이슬밭에 허울을 벗자.

낡아가는 어스름 시골길에
왕관보다 눈부신 나의 회오悔悟

—《시정신》 2집, 1954. 6.

| * 이동주는 「노을」이란 제목으로 비슷한 시기에 3편의 시를 발표하여 발표연도 순서로 각각 번호를 붙였음.

노을 · 2

저 불기둥은 흉가의 재앙.

주둥이가 노란 새끼들의
눈을 가리우라.

발가벗은 짐승들이
축문을 외우면,

바다가 뒤틀린다.

미친 바람에
춤추는 패랭이……

지글지글 기름이 끓는다.
보석이 튄다.

거품으로 사라지는
부유蜉蝣 떼의 신명.

빈 어항 속에
새 물을 갈아놓고

형제여 이제 우리는
제비처럼 흙을 물어오자.

— 《사상계》, 1956. 8.

노을 · 3

너와 나는
한 하늘을 일 수가 없었다.

피비린 강물은
꽃처럼 터진 나의 노여움……

아니 나의 사랑.

내게 오는 자랑이사
내 목에 걸자.

누리가 비좁던
푸른 서슬도

이제는 터엉 빈 저녁노을.

—《현대문학》, 1957. 9.

상장上狀

아기씨.

고운 말 가리다 못해 이렇게 뇌염나이다.

눈물로나 헤아리는 이 푸른 거리에서 스스롭게 아뢰온
사연 별빛 같은 촉기로 대충 밝히시압.

일찍이
그 하늘을 두려이 섬기며 기름진 산천을 다스리고,
흰 빨래 눈부시게 바래 입던 마음씨의 고장.

이제 가뭄이 오래여 초목은 타고
표독스런 모래밭에 사람도 짐승도
가죽처럼 널려 있음……

진眞이랑 선善이랑 미美의 으뜸 값진 구슬을
한 손에 얼르시는 아기씨의 곁이라서
시름을 잊고저 떠나오면 영 돌아올 줄 모르더이다.

그러나 아기씨
바사진 머리로 한번 더…… 한번 더 종을 울리는 지성至誠의 밧줄로
이승의 보람으로 삼는 이가 있나이다.

총총 이만 줄이오니 내내 무강하시압.

— 《동국문학》 제1호, 1955. 11.

강 언덕에 서서

아직도
나의 신앙은 무너지지 않았다

비록
발을 구르며 서 있을지라도

은행이 열지 않는
나의 궁전에 거미집을 치도록
강 건너에 눈이 부은 소저小姐

먹구름 하늘을 찢고
번개칼 누리를 참斬하는 서슬에도

손을 저어주마
멀리 발돋음하며

구천에 서리는 무젯불
그보다 안타까운 나의 노래는

더운 청춘의 해일

밑없는 항아리에 물을 부어보자

피흘린 머리로 쇠북을 울려보자

— 《시정신》 4집, 1956. 9.

사막沙漠에서

사랑도 등을 지고 가버린
뙤약볕에

두견처럼 피를 토할
그늘 하나 없이

울명, 가명,
활활 불이 붙은 마른 풀잎.

태양도 저주로운
이 하늘 아래

나를 낳아주신 어버이를
탓하지 말자.

허리 위에
연꽃 피듯

어느 날에사
용설란 물먹은 웃음으로

나의 눈도 열리리.   ―《문학예술》, 1956. 11.

마을

산은,
씨암탉의 날갯짓.

그 밑에 부화한 어린 마을은
해마다 대숲이 빛을 잃는다.

일찍이 거친 뿌리와 돌을 갈아
기름 물이 흐르는 상토上土……

얼음을 깨어 옥玉같이 바래는 젊은 댁네가
흩어진 지아비로, 작약이 핀다.

하늘은 저리 맑기만 한데

눈물이여.
섬기는 자를 구박하지 마라.

한 줌 흙으로 빚어진 초로草路,
죄 없이 다녀갈 안쓰러움을

꽃이 아니면
차라리 번개.

아니 해일이라도 좋다.

칼이여
섬기는 자를 구박하지 마라.

—《현대문학》, 1957. 4.

뮤즈의 초상

저마다 당신을 모셨다 하나
무삼 일로 옥좌玉座마다 비어 있나이까.

비너스는 물거품 속에서 어여삐 솟고, 마리아의 수태는 꿈을 다졌으나
당신은 분명코 나와 더불어 눈을 뜨셨오.

그러기에
사람과 어깨 한 나지막한 키로
하늘을 얕잡은 당신의 방만

수피樹皮와 달라 야위는 연륜으로
거북을 깔고 앉아 장수를 누리시다.

마소로 몰려 비전痺田을 갈고도
두둑마다 꽃씨를 뿌리는 웃음……

당신은 항시 고단하게 서 계시어
빛을 발하시다.

맵찬 바람 끝에 나목으로 흔들려도
나에게 신명을 주시니.

뒤치는 바다의 등을 쓸어
실개천에 이으시고

천동을 붓들어
태산에 앉히시다.

일찍이 없었던
달과 태양이 낙지落地한 오늘에도
당신은 어느새 만능의 폭거 위에 올라 평안하시다.

당신의 영토에는 석축이 없습니다.
그러면서도 당신의 가슴에는 살이 박히지 않습니다!

설사 나와 나의 이웃이 깡그리 멸한 먼 훗날, 스산한 초토의 움집에도

좋은 일진을 가려 희게 바래진 어느 산실에서 당신은 또 첫울음을 울
으리라.

―《현대문학》, 1958. 3.

낙엽

음지로 모여 앉자.
가난한 나의 이웃들

때로는,
불 붙은 노을
어느 추녀 밑에
피 묻은 남루를 가리우자.

서리 매운 회오리
거센 세월을
우리는 홀로 있지 말자.

메마른 가지
형관荊冠처럼 이고 서서
먼데 봄을 기다리며

나는 낙엽을 짓밟지 않는다.

— 《사조》, 1958. 12.

하오유한 下午有恨

오, 유월에 떠나
돌아와보니

이제는 메말라 있다

밋밋한 나의 수목도
부풀던 나의 호수도……

눈물이랑, 눈물이랑, 피 나던 웃음이랑,
숫하게 뿌렸건만

돌아오는 길가에
꽃 한 포기 없다.

구슬로 엮어질 추억도 없이
한낮이 겨운 나의 강물은 흐르는가

먼 후일에 피어도 좋고
아니면 또 그뿐!

돌을 치우고 풀을 뽑는 것으로
내 하루를 바람에 날리자.

—《목포문학》 창간호. 1959.

산조 · 3[*]
―구천동九天洞

그, 마을은
구름 속에 묻혀 있다.

태양이 편애한 줄
나는 알았다.

지폐도, 산을 넘기가
무던히 고단한 그늘.

목이 쉬고 눈이 부어도
메아리로 돌아오는 슬픔.

다리 뻗고 울어야 하나!?
나물죽에 배를 채워
머루, 다래, 술을 익히면

벼랑 위에 꽃은 핀다.

흐르는 계곡에 잠기는 별을
옥심아. 너와 나의 고인 물에
낙화로 띄우자.

사라앙, 사랑……

그, 마을은
구름이 머금은 마리아의 잉태.

— 《현대문학》, 1959. 7.

---

* 위의 시 「산조 · 3」(《현대문학》, 1959. 7)은 시집 『산조』에 수록되지 않고, 이 시집에 수록된 「산조 · 3」은 실
제로 「산조 4」(《현대문학》, 1960. 4)로 발표한 시이므로 본 전집에서는 발표상태로 바로잡음.

산조 · 5[*]

친구를 찾았더니
잔치 집에 갔다는 이야기다.

내 손바닥에
ㄱ자字가 늘 때마다

하나,
하나,
친구는 사라진다.

지금 이 순간에도
어느 친구의 이름 곁에 작대기를 눕혀
놓고 시를 쓴다.

낮달이 부끄러운 광화문통 네거리의
발이 걸리는 탁객濁客들

어이하여
우리는 가난하게만 자랐을까.

— 《현대시학》 3권 4호, 1971. 4.

* 「산조 · 5」는 앞서 1960년대 초에 발표한 산조 연작시처럼 번호를 붙이지 않고 발표한 시임. 연작시를
  발표한 후 시간이 많이 흘러 번호를 붙이지 않은 것으로 보이는데 순서에 맞게 「산조 · 5」로 했음.

신부행진新婦行進

집 안에선
도톰한 버선을 신었다.
그리고,
옷고름을 참하게 맨다.

건너가는 말대답은
또, 고분고분.

어느새 저리 컸나 싶게──

붓글씨로
남의 나라 시를 옮긴댄다.

베푸는 버릇을
화초에 물 주듯 하고

울음은
너만 알고 살으렸다.

회화會話는 반으로 잘라라
나머지는 웃다가 비어두렴.

아홉 대문에서
하나만은 허물지 마라.

그리고도
한 해를 더 묵혔다가,

이제는
배를 타라.
손매듭이 굵도록 노를 저어라.

수집어 말고
사랑의 노래를 불러라.

태산에 안기듯이
등을 기대라.

— 《여원》, 1960. 9.

꿈 · 1[*]

별을 쏘아올린 후로
보석 값이 헐해졌다.

우리들의
아름다운 꿈이.

슬기로운 비웃음 속에서
나는, 흩어진 꿈을 모아본다.

별 위에 놓인 세상에도
꽃씨는 있어야 하겠다.

내일을 바라는
멀찍한 꿈이.

— 《현대문학》, 1961. 1.

꿈 · 2˚

혼자 사는 네가
외로워하지 않는 까닭을 알겠다.

뒷 사상에
꽃은 피어도 하느니라.

씨앗을 뿌리는
네 미소가 한결 밝구나.

지 지난달의 슬픔은
네 시야에 채색이 없어 그랬니라.

이 나무의 그늘에
다른 이가 쉬어간들 어떠냐.

가꾸는 것만으로
단물이 스미듯, 자릿하게 행복하다.

몸을 서둘러 팔지 않아도 좋다.

꿈을 잡히고
빚을 얻어 쓰렴.

어제보다, 내일이 짧더라도
오늘을 딛고 멀리 보아라.

— 《사상계》, 1964. 7.

* 「꿈」이란 제목으로 두 편의 시를 발표하여 「꿈·2」로 함.

독백 · 1*

끝매기는 남긴 채
국면局面을 쓸다.

내내, 사십四十
곤마困馬를 탔다.

돌아앉아
웃을 밖에

나의 외로움이 서리를 뿌려
모다들 떠났구나.

호젓한 달 아래
칼을 간다.

치사한 훈장은 물러주마.
피묻은 나의 시체에 꽃잎을 뿌려라.

풍운을 몰아
한판 더 두세.   —《현대문학》, 1963. 1.

| * 「독백」으로 같은 시가 두 편 발표되어 위의 시를 「독백 · 1」로 함.

독백 · 2*

선전수전 겪느라고
은빛으로 바랬지만

기력棋歷 10년에
포도시 지키는 구급九級.

백白을 잡으면
평화가 무너져

내 인생은, 늘
넉넉한 후수後手에 머문다.

—《월간문학》, 1975. 7.

* 「독백」이란 제목으로 두 편의 시가 발표되어 위의 시를 「독백 · 2」로 함.

응달에 서서

애비는 멀쩡한 하늘에 우산을 쓰고
에미는 탈춤을 춘다.

응달 치위에 볼이 익은
강아지야

빈 손가락을 빠는가.

두고 온 고향에사
푸른 나무 흰 구름이 기를 꽂는데

맑은 너의 호수엔
비칠 것이 없구나.

입술이 노오란
나의 제비새끼

고사리로
담을 쌓아라.

초롱초롱 밝은 귀라
티가 배길라.

노을이 흔들리는 서러운 울음으로
잔뼈가 굳으면

바다가 되어
바위를 헐어라.

─《현대문학》, 1961. 7.

한恨 2

서리 내리면
열매가 익는 것을

옛 하늘 아래
모다들 야위었구나.

어느 세월엔들
장미가 피었더냐?

남루한 숲엔
새 옷 같은 달빛인데

어둠을 쓸고 오는
한숨 소리……

난리처럼 몰려가는
바람 소리.

꽃도, 인정도,
산그늘에 기가 질렸다.

— 《사상계》, 1961. 10.

한恨 3

나는, 일기를 적지 못한다
그만큼 내게는 비밀이 많다.

나는, 역사를 즐기지 않는다
그만큼 내게는 싫은 구절이 많다.

나는, 교훈을 모르고
자랐다.

그러기에
남을 타이를 수가 없다

구걸로 태어난
우리 총생들이 안쓰럽다

나는 청자를 끼고도
자랑할 수가 없다

내 고향의 하늘이
노상 흐리기 때문이다

목마르게 아름다움을

노래하는 것은

워낙
내 얼굴이 흉한 까닭이다.

— 《현대문학》, 1961. 12.

한恨 · 4*

칼은
약한 이웃에서 운다.

이긴 뒤엔
혼자서 바둑을 둔다.

더러는
호젓한 산길을 택하라.

웃음을
누르고,

잔치란
짧을수록 좋다.

바다가 널린
아니면, 패자
긴 담을 돌 일이다.

영웅은
고독으로 장도長濤한다.

푸른 나무 그늘에 앉아
착한 짐승이나 부르며

쓰러진 시체 위엔
향기 있는 꽃잎을……

빠듯한 가위질로
인생은 적막하다.

— 《동아일보》, 1973. 4. 14.

* 위의 시는 「한 3」으로 발표하나 앞서 《현대문학》(1961. 12)에 「한 3」으로 발표한 제목과 같아 그 이후에 발
  표한 시이므로 「한 · 4」로 함.

길 · 2*

나는 길눈이 어둡다.
그리고, 귀가 절벽이다.

낯익은 산천에도 눈물이 많은데
어둔 밤을 어찌 가랴.

구름을 쫓고, 안개를 걷우면
내게는 야윈 그림자뿐.

활, 활, 타는 자갈밭
바람 한 점 인색했다.

술맛을 알아야
노독을 풀지.

등에 살을 날리는 그 소년을
오랑캐꽃처럼 바라보자.

더러는 멀리 보며, 웃음이 헤푼 것은
속이 비어 그렇단다.   —《현대문학》, 1963. 6.

* 위의 시는 시집 『산조여록』에 실린 같은 제목의 「길」이 있음으로 「길 · 2」로 함.

길 · 3*

나는 궁할수록
낭비가 심하다

허리끈이 풀리면
인색할지도 모른다

세상이 험해서
고운 시만 골라 쓰고,

넘치는 물그릇은
반쯤 줄여서 표연한다

그래서, 장장하일長長夏日
먼 길을 걷는다

—《풀과 별》2호, 1972. 8.

---

* 「길 · 3」은 「길」로 발표한 시이나 같은 제목이 있어 「길 · 3」으로 함.

분화焚火

벼랑에 섰더니
웬일일까. 바다가 안 보인다.

빛깔이 어지러워
원경遠景이 흐려진다.

지난날에야
가시밭도 꽃그늘로 알아왔다.

나 살아 청산이 아니라도
부지런히 다박솔을 가꾸었다.

낯 붉은 이야기로
귀가 운다.

발부리에
돌이 채인다.

번져오는 불길에
찬물을 마시랴.

눈을 가리고

노래나 부르랴.

다음, 다음 일은
네가 생각하라. 네가 생각하라.

— 《사상계》, 1963. 12.

당신에게

당신의 이름에선
향내가 난다.
한 무릎을 세우고
치마로 가리우면

옹색한 내 마음이
하늘만큼 넓어진다.
고향에 돌아와
병을 다스리듯 편안하다.

당신의 눈에선
항시 맑은 샘물이 솟는다.
당신이 내게로 오신 후엔
사슴도 이 물을 사양한다.

당신은
아직 소녀.
은쟁반에 구슬을 굴리면
온 누리가 귀를 세우는데,

꽃방석이 놓인
당신의 주위에는

동지 섣달
살얼음이 언다.

당신에겐
가난이 없다.
당신께서 나의 태양이 된 후로는
일식을 보지 못했다.

진실로
영원을 믿게 하신 당신……

— 《여상》, 1964. 4.

수렵 狩獵

범 사냥을 나섰더니
구름만 덧없이 흘렀구나.

불 한번 못 당기고
청춘은 갔다.

빗맞은 기름끼로
미욱한 살이 찌랴?!

마음 놓고
산꿩이 운다.

노루도 너구리도, 토끼토끼 착한 내 강아지
총 끝에 머물러 칡순을 뜯어라.

만월만 한 꿈도
자칫하면 지난달 보름이려니……

으시시 추운 햇살에
흰 머리가 고울 나이

술 안주로 꽃을 가꾸며

허허 웃고들 살자.

— 《문학춘추》, 1964. 5.

나들이

갑자기 일식을 했나!?

하늘이 어둡도록 환한 길목.

아낙네의 모처럼 나들이는
온통 빛이니라.

바깥양반이
넥타이를 매거든,

옛날 비단에 길게 감겨
풍란처럼 조용히 업혀 문을 미시압.

잔 말은 보챌까봐
조롱에 가뒀다죠.

차분히 닻을 내려야
분살이 곱게 필게요.

짐짓, 두세 자 더딘 걸음이라야
돌아서는 그이 앞에 익은 석류알로 웃으렷다.

목련 꽃잎 같은
옥양목 보선

자물쇠도 붕어자물쇠
무거운 입이 열리듯
조심스레 그리만 옮긴다면

비린 저자에
향을 피우리다.

나라를 기울여
물 아니 품을까.

당신을 잃는다면……

— 《문학춘추》, 1965. 2.

꽃과 노인老人

할아버지의
귀는 셋이었다.

선인장 같은 손으로
안테나를 세우신다.

개인 날이 없이
안개 속에
앉으신 팔순.

깡그리
바위에 스며온 시냇물

아니면
십리 밖의 호롱불……

손이 떨린 이 어른이
꽃나무를 심으셨다.

어제 신행은 손부의
방 앞이었다.

해마다
먼 산에 뻐꾸기 울면

한잔 하신
그분의 웃음이

흰 창 앞에
서럽게 빛났다.

그것은 소년의
푸른 파도였다.

— 《시문학》, 1965. 10.

배가 나와 시를 못 쓴다

바람기가 있어야
시는 되나보이.

해가 기운들
석재야 없을라구.

포도시 정을 들다
놓쳐버린다.

입을 다시면
숨이 차고, 스스로
눈이 잠기는걸……

이마에 누빈 내천[川] 자가 빈상貧相이라
미운 짓도 웃고만 넘겼더니

곱으로
바지통이 넓어졌다

너는 모를라
어둠 속 배를 쓰는 내 슬픔을

—《시정신》5집, 1966. 2.

가을의 연가戀歌

가을은,
막연한 고향에
편지를 띄운다.

미웠던 사람까지도
비둘기를 날려준다.

가을은,
그림자는 하나지만
동행들이 많다.

낙엽이 스산한 길 위에
더운 꽃잎이 놓여 있고,

어둠 속
하나, 둘 불을 밝힌다.

이제는
알알이 구슬인 추억들……

이승에 있는 너와 나를
안개로 가렸지만

손을 흔들어
미소로 안녕!

가을에 속이 떨림은
인정에 주려서다.
진실로,
바람이 차면 이웃을 청한다.

— 《대한일보》, 1965. 10. 26.

우수雨水

오늘 아침
남쪽에서 부쳐온 춘신春信을 받았다.

얼음이 풀려
단비가 내린다고,

솜털에 싸인 강아지버들이
포동포동 살이 쪘겠다.

멀지 않아
배암이 실눈을 뜨면

양지 바른 산등에서
진달래는 막 혼담婚談을 듣는 순간!

아, 굳은 강물은
녹아 흐르는데

시름은 어찌할 거나.

내가 이토록
옛 쓰던 서정시를 못 쓰는 건

아득한 들녘
고향 잃은 한겨울이라.

— 《대한일보》, 1966. 2. 19.

봄맞이

춥고 가난스런 겨울이여
안녕!

슬픔도 소매를 털면
오히려 정을 남기네.

새순 돋는
웃음으로
고단한 수레에
온 우주가 실려간다.

덧없이 흩어진 꿈이라서
잔주름은 늘었지만

아, 봄을 향하는
내 인생은 아직도 불빛.

—《동아일보》, 1966. 2. 24.

남산南山에서

내일의 태양은
아무도 믿지 않는다.

어둔 강물에 밀리는
꽃잎들!

살갗이 탄 긴 행렬에
멍청히 끼어

전에 부르던 노래며, 춤이며
깡그리 잊었구나.

거울에 비친들
제 모습을 알아보랴.

짐승도 등을 쓸면
정을 주는데

아, 앉은 자리에
풀이 시든다.

돌부처도 볼이 붉은

이 순풍에

불을 죽이듯
막막하게 시詩는 갔다.

노독이 풀리는
눈웃음……

끼니를 궐闕하고도
너와 나는 술 한 잔 들자.

―《신동아》, 1965. 5.

현대시론現代詩論

유방에 쌓인 꽃다발을 안고
그녀는 손을 흔들었다.

먼 달나라로
쏘아올리는 순간.

────── 가까운 날의 이야기다 ──────

이별은 영원이 아니기에
얼결에 나마저 눈짓으로 웃었다.

뜻이 내키면
우리는 내일 또 포옹하나,

빛처럼 뿌리는
노래를 들으며

그날 밤 내내
술잔을 기울였다.

마른안주의 자작은
늦가을 홀로 우는 외기러기……

저승이 뒤집혀 이승인 데로
'그리움'은 즈믄 세월 옛 모습일세.

— 《세대》, 1966. 4.

나의 피

내 피는
가뭄에 깔린 호수

그러나 얼음에 흘려도
얼지 않는다.

한 번도 풍작이 아닌
마른 논에 물을 대며

애들 마냥
웃으며 살아왔다.

내 피를 선지에 그으면
연꽃이 필라.

나는 살갗이 흰 것을 싫어하나
핏빛 검은 것은 더욱 싫다.

내게는
어둠이 없다.

항상 내 피가

푸른 춤을 추니까.

—《현대문학》, 1966. 4.

파고다 공원

푸른 동상 밑에 서 있어도
그날의 파도는 출렁이지 않는다.

오랜 가뭄으로
밑이 드러난 호수.

멋지게 사시다.
더 멋지게 돌아가신,

내 조부의 화려한 상석床石이
이제는 인생의 후문.

희망보다는
시들은 추억의 꽃밭이라

때문은 신부들이
그늘에 앉아 땀을 씻는다.

언제 그리도 친했는지
사람 좋게 웃고들 있으나

부어 있다! 부어 있다!

깡그리 울고 있구나.

— 《시문학》, 1966. 7.

가을과 호수

가을 안부는
엽서로 띄운다.

쓸쓸한 미소가
내 인생의 전부이듯

네게 적은 그리움도
지극히 짧다.

하늘은 옛말처럼 높푸르고
달도 아직 밝기야 하다만은

우리 집 마소는 구미를 잃었다.

살 맛 찾을 게 아니라
편안한 말석이 안 좋으냐!?

붉은 잎새 산불로 번져가듯
고향 동갑들 머리가 희어간다.

그 좋던 사랑도, 시도
실눈으로 피는 담배만 못하다.   — 《사상계》, 1966. 10.

설리춘雪裡春

김장철의
청무우 밭.

감긴 것마다
목에 어울린다.

노 스타킹으로
얼음 위를 걸어도
물오른 오월.

창문 밖 새소리를 듣듯
원경遠景이 좋다.

허리 꼴 것 없이
시집 가지 마렴.

십자는
왜 그었지

네 이슬엔
우레도 멎는단다.

—《신동아》, 1967. 3.

낙엽길

하늘에
구름이 걷히듯
구 시월엔
눈들이 맑다.

성난 파도는 휘파람으로 재우고,
쓸쓸한 미소로 불을 눕힌다.
그토록 노엽던 사람마저
들국화로 떠오르는 낙엽길!
뉘우침도
알알이 구슬이라
꽃다운 사연으로
편지를 쓴다.
가을철이 되면
모두들 부분의 허물은 용서한다.

진실로
남의 행복을 빌어
내 영원을
돌본다.

옛날에는

하늘도 비로소 가을에 열었고,

그 뜻을 받들어
고운 항아리도 구워냈다.

— 《경향신문》, 1967. 10. 14.

슬픈 우상偶像

그때는,
해가 지구에서 떴다.

하지만, 산에, 업혀서
솟는 것이 아니었다.

끓른 바다가
떠받들지도 안 했다

무릎을 꾸는 풀잎을 딛고
이글이글 타기만 했다

언제나 그의 말굽 아랜
배꽃 같은 흰 박수가 깔려 있었다.

낡은 말로,
국량局量은 컸으나

지나치게
인색했다.

기름진 들녘을

쓸쓸하게 비질했다.

피 먹은 뿌리에는
나무마저 시드느니……

그가 울었다는 긴 불모의 행렬은,
그릇된 기록이다.

나직, 나직 축가를 부르며
성을 떠났다.

옷고름을 맺었던
사랑까지도,

피에로!
너의 황금은 찬란했으나,

막이 내린 후에는
안됐도록 조용하다.

— 《동아일보》, 1968. 10. 10.

격문檄文

방면하라
그 어떤 흉악범을
완행緩行을 태워
고향으로 돌려보내자.

차라리 다스리라
빚더미로 쌓아올린 저 위태로운 빌딩을.
나는
그대들의 입지전을 믿지 않는다.
피와 땀으로 거름한
집터가 아니거든

그런대로
초가에 꽃을 피울진저.
서둘지 말아다오
아직은 첫사랑을 앞둔
예쁜 나이들.
철이 들면
어인 일로 핏발이 서는가.

자, 노래하라
가난도 즐겁게

온 누리가 밝아지는 노래를.

— 《동아일보》, 1969. 11. 22.

내 유품은[*]

내 입에선
마늘내가 난다

유명幽明을 달리해온 달나라가
내 집 안방에 화첩으로 깔리는 세상에도,

나는 별 수 없이
마늘을 씹고 있다.

권지삼卷之三쯤 될까,
쉬지 않고 일궈온 내 모두의 뙤밭에다
깡그리 마늘씨만 꽂았니라.

새해 문안차
파양破養하고 나달아온 우리 제비새끼,

많이들 컸구나
많이들 컸구나

네 입에선
무슨 내가 나지?

코끝에 가락지를 끼울
화가투花歌鬪를 치런,

팔뚝맞기 윷놀이를 하런,

날이 흐리면 쑥짐을 뜨고 앉아
마늘을 깐다.

— 《지성》, 1972. 5.

---

* 시 「내 유품은」은 1972년에 위와 같이 발표된 작품인데, 시집 『산조여록』에 수록되면서 제목이 「이 강산江
山에 태어나」로 바뀌고 시의 내용도 상당 부분 수정된다. 이 시집은 시인이 작고 후에 묶여진 것이라 수정
과정을 알 수 없어 발표 당시의 시를 싣고, 수정한 시 「이 강산에 태어나」는 4부에 수록함.

김포공항金浦空港 · 2*

카들이 커서 돌아온다.
땟물이 벗겨 돌아온다.

빛이란 빛은
왼통 이곳으로 밀려
녹슨 엽전이 가까스로 손을 흔든다.

눈이 부어 땅에 입 맞추던
야윈 학은 쓸쓸히 묻히고,

너희들을, 훨훨 새처럼 날려보내야
애비 노릇을 다하는 서러운 꽃밭.

어린 소나무야, 어린 소나무야,
사랑의 상처도 구름 밖에서 다스리는
어린 소나무야,

고된 짐은 지고 가라
누더기도 입고 가라

네가 본 드라마는
불량식품

아, 김포공항의 하로는
내 집 골목을 어둡게 한다.

— 《지성》, 1972. 5.

| * 시집 『산조여록』에 같은 시의 제목이 있으므로 「김포공항 · 2」로 함.

모란牡丹*

옛날 사람들은 입이 짧았다
그러나 꿈만큼 큰 사발로 술을 마셨다.

낫자라지 못해서

귀를 기울인다
흘러간 노래.

일도 없이 광을 냈고
그래서 가난했다.

녹이 쓴 채
눈만은 밝았다.

안개 속에 묻혀서도
즈믄 밤은 예사로 뚫었다니.

자주 걸기보다야
단판 씨름을 별렀다.

구름과 노닐면서
핏줄에는 억매였고,

솜씨 좋은 나란이[少女]의 수틀에는
오래 사는 짐승들만 골라 놓였다.

그것은,
오솔길에 피어난 모란이었다.

—《월간문학》, 1973. 12.

* 시 「모란」은 한자 '牡丹'으로만 되어 있어 기존의 시에 '목단牧丹'으로 쓰인 것과 변별하고자 한글제목을 '모란'으로 함.

꽃 · 3*

씨앗을 뿌릴 때는
가시관을 써라.

꽃은,
무덤 위에 피워야 한다.

꽃에는
아픈 눈물이 얽혀 있다.

술로 사윈 빈 집터에도
더러는 꽃이 피는데,

폭풍과 파도가
휘어 잡힌

먼 산 너머 마을의
채색!

―《현대문학》, 1974. 7.

* 위의 시는 제목 「꽃」으로 발표를 했으나 이미 시집 『산조』에 실린 「꽃 · 1」, 「꽃 · 2」가 있어 위의 시를
「꽃 · 3」으로 함.

사나이는

사나이는
산을 잘 탄다.

모르는 일이
많아야 하고,

홀로 뜬 달 아래서
씀바귀나물을 씹는다.

밝은 날에도
서둘지 마라.

사나이는,
한 팔을 접고 씨름을 한다.

돌아설 땐
손을 털자

연꽃이라야
사랑을 느낀다던가

사나이는

상처가 있어야 한다.

봉을 잡혀
흰머리를 사라

—《현대문학》, 1975. 4.

전에 없던 일

초상집이 쓸쓸하다.

멀미난
삼일장.

가뭄을 타더니
묵힌 젓갈 맛을 잃고

해가 돌수록
낯선 일만 쌓여가네.

이놈아,
뜸이나 들거든
살림을 차리렴.

꽃마다
향기가 없다.

—《한국문학》, 1976. 6.

우리들의 가난은

우리들의 가난은
아낙네가 두른 행주치마 빛깔

초목이 타는데도

조상에 물 떠놓기 위해
곱게 빗은 가르마

목화밭에 서 있던
옥양목 적삼이

한숨을 쉴 때마다
더 고운 눈매

달이 업힌 늙은 소나무 아래
박꽃 같은 가난

─《현대문학》, 1977. 8.

고향 · 2*

내 담배 연기는
항상 만월이 걸린다.

산 하나 넘어서 시집 간
난蘭이도,

사슴을 기르는
봉호鳳皓 형도,

다 내게는
멍석만 한 달이다.

조상의 바래진 뼈가
박꽃처럼 웃으시는 곳

사투리만으로도
덥석 손이 잡힌다.

아, 그러나 빵통을 갈아 멧던
한갑漢甲이도 죽었고, 또 누구 누구도
한 걸음 앞서 세상을 떠나는

구름 밖의
슬픈 소식……

—《한국문학》, 1979. 1.

* 시집 『산조여록』에 「고향」이란 제목의 시가 있으므로 위의 시를 「고향 · 2」로 함.

엽신*

마른 오동잎이
발 아래 깔리듯

고하古河의 편지가
뜰에 떨어져 있다.

획마다 다듬은 글씨로
두어 줄 밝은 사연,

잊혔다가도
호면을 스쳐가는 바람인가

나이가 들수록
묵은 정에 약해진다.

사슴처럼
산과 마주 앉은 시야에
젊디젊은 얼굴

서로 외롭게

| * 이 시부터는 유고시임.

웃자.

— 《한국문학》, 1979. 4.

대부代父의 가훈家訓

보스는,
병풍 밖에서
떨어야 한다

보스는
배를 곯아야 한다

살피는 것이 많고
빈 사발만 드느니라

보스는 눈이 밝다
귀가 두터웁고
입은 순하다

치어를 올리면
상을 물리친다

파이프는 무는 게 무방하다
밤이 기니까

무릎은 꿇렸지만

칼을 썼거든
없었던 승부다

술과
미녀를 즐기되

뜰에는
가을에 익을 감나무를 심느니라

보스는
개벽으로 훼를 치지만

떠난 뒤엔
반드시 목가를 남긴다

사랑하는 젊은이가
콧노래를 부른다

본 일은 없지만
다정한 이름

입에 옮기는 산딸기처럼
자주 외네

보스는 흘러갔다

또 흘러온다

— 《현대문학》, 1979. 4.

누가 누가 더 클까

우리, 누가 누가
더 고운가 대볼까

좋지 좋구말구

느이네 님은 온달이지만
우리 님은 반달이지

그렇지만, 동네방네 우리님을 더 떠들었지

그렇지, 그렇지
그렇구말구

느이네 님은
추녀 끝에 걸렸지만

우리 님은 아른아른
주렴 안에 숨었네

그래도 부챗살은 우리 님이 펼쳤는걸

그렇지, 그렇지, 그렇구말구

짝짜꿍 짝짜꿍
느이네 아버지는
비린 생선가게에서 만났지만

우리 엄마 다홍치마는
널뛰다가 반만 비쳤지

그렇지, 그렇지, 그렇구말구

야야, 그래도
회혼례 잔치

훠어이
갈가마귀 훠어이

— 《현대문학》, 1979. 4.

새타령

새가 새가 날아든다
오만 새떼가 괴롭힌다

해를
두 쪽으로 갈라

한 끝은 주사바늘에 꽂혀 있고
한 가닥은 밥만 비빈다

김치, 깍두기
된장찌개, 청국장, 고추장

자리에 누워 있으니
치사해졌다

약식, 다과, 동치미

변성기에
손장난 하듯

밥만 비빈다

새가 새가 날아든다
박쥐 새떼가 괴롭힌다

— 《현대문학》, 1979. 4.

날궂이

해골이 숨쉬는
방 안에서

또,
날궂이가 시작된다

똥물까지 토하는
삼한사온,

나의 기적은
북악이 흰 모자를 벗어야 할까부다

봄이여, 봄이여
물방울처럼, 더딘
개나리여.

— 《현대문학》, 1979. 4.

초춘初春*

빈약한 레퍼터리로
막은 오르지만,

우리들의 수도는
꽃밭처럼 생기롭고

하늘은 쾌청
푸른 기를 흔든다.

설사 벌레 먹은
과원이라도 좋다.

너와 나의 청춘을
이곳에 묻었고,

아직은
단청이 새로운 꿈에 걸려 있다.

약수로 목을 축이듯
깊숙이 담배를 피우며

나는, 또

내일의 순서를 기다린다.

— 《한듬문학》 제6집, 1991.

* 해남문인협회에서 간행한 《한듬문학》 제6집 「이동주 추모시 특집」에 34편의 시가 실려 있는데, 이 시는 기존의 시집에 수록되지 않은 시로 여겨 수록함. 발표 지면은 확인할 수 없음.

이동주의 생애와 시의 판본 고찰

_송영순

1. 이동주의 생애와 문학관

이동주는 1920년 음력 2월 28일 전남 해남군 현산면 읍호리에서 태어났다. 전주 이씨 이해영海瑛과 덕수德水 이씨 이현숙李賢淑 사이에서 1남 2녀 중 외아들로 출생했다. 참판을 지낸 조부가 세운 달산학교*를 세울 만큼 집안의 권세로 유년시절은 유복했지만, 이후 가문이 몰락하면서 외가인 충남 공주로 이사를 간다. 그가 보낸 유년시절의 고향은 어머니 품 같은 따뜻한 희생과 가문의 파탄이라는 비극적인 상황이 교차되는 장소로 각인된다. 이동주는 이 무렵에 대하여 물질적인 토양과 정신적인 기후가 일정치 않아 성장하는 동안에는 바람이 거세어서 '정신의 발아는 어둔 그늘'이었다고 술회하고 있다. 특히 부친의 방탕한 생활로 정신적인 학대를 받았던 어머니, 숙모, 집안사람들의 비극적인 모습에서 시의 서정이 발아되어 '문학과 정혼'하게 된다.

* 이동주는 할아버지가 세운 달산학교를 13회로 졸업했다. 정형근, 「'어머니'의 모티프와 바라 앞의 '촛불」, 『한국전후 문제시인 연구 2』, 김학동 외, 예림기획, 2005, 189~190쪽 참조.

나는 한글을 깨치면서부터 남의 편지를 써버릇했다. 독수공방을 지키는 젊은 아낙네들이 무심한 낭군에게 보내는 하소연이다.

얼굴을 붉혀가며 더듬대는 갑갑하고 안타까운 사정을 글로 옮겨놓고 내가 청을 돋아 읽어주면, 대개는 훌쩍훌쩍 운다. 그러면 어느새 나도 따라 운다. 울음소리가 없으면 그 글은 실패다. 몇 번이고 다시 써야 했다.

이렇게 길들인 버릇이 여드름 나이에는 친구들의 짝사랑을 대서하는 데로 발전하고 말았다. 감상에서 연모에 이르기까지의 문장의 수련은 두고 쓰는 투로 외롭고, 쓸쓸하고, 그립고, 울렁이는, 낱말을 청산유수로 억양을 붙여서 엮어가면 무난히 성공했다.*

위의 글에서 살펴볼 수 있듯이 이동주는 '남의 하소연'을 받아 글을 적는 것에서 문장 수련이 시작되었다. 대필한 글을 읽어주면 주변의 사람들을 울리고, 본인도 울었던 감수성이 남다르게 형성된 것이다. '울음소리가 없으면 실패한 글'이 되기에 대필해주는 글도 여러 번 반복해서 쓸 만큼 일찍이 문장수련에 각별한 관심을 가졌다. 글은 사람들의 마음을 움직일 수 있어야 하는 것이며 '청산유수의 억양'으로 읽어내야 한다는 리듬의식이 이때부터 형성된 것이다.

문학적인 형식을 갖춘 시는 16세 되던 해에 「추억」이 매일신보 학생란에 실려 원고료 1환을 받은 것에서 시작되며, 문학의 꿈은 어머니가 염소를 팔아 마련해준 7환을 가지고 상경하여 전문학교에 입학하면서 이루어진다. 1942년 혜화전문학교 불교과에 입학해서 송영철, 윤길구와 친교하면서 본격적인 문학 수업을 받았다. 당시 혜화전문학교에는 조지훈, 김용태, 조연현 등 이미 등단을 해서 이름을 날린 학생들이 있었고,

| * 이동주, 「희생과 파탄 속에서」, 《현대문학》, 1962. 6, 183~184쪽.

조영암, 이병철, 장태용, 안익현, 윤길구, 이원섭 등이 활발하게 활동하는 것을 보고 문학 공포증이 생길 정도였지만 최승희 무용공연을 보고 「월야고」, 「보현보살」이라는 시를 지어 기성시인처럼 대우를 받기도 했다. 이 무렵에 대하여 이원섭은 "조영암은 선적인 기봉을 노출시키는 호쾌한 학생이었고, 정태용은 사회주의 계통의 책을 탐독하는 맑스 청년이었으며, 월북한 이병철은 시인인 체하는 귀여운 치기의 소유자였었다. 그런 중에서 동주 형만은 문학하는 낌새도 보이지 않았으니, 이 역시 얌전한 그의 천성 때문"[*]이라고 회고하고 있다. 혜화전문학교 시절 이동주는 조지훈의 「고풍의상」과 「승무」보다 좋은 작품을 쓰겠다고 칼을 갈았지만 맞서보지도 못하고 말았다. 조지훈의 시가 발표되자, 그런 시를 자신이 꼭 해내리라 생각했는데 선수를 빼앗겨 당황하고 부러웠다고 고백하고 있다.

그의 문학의 출발은 유년시절을 보낸 해남의 아름다운 자연과 가정 환경의 영향이 시심을 이루는 기반을 이루었다. 그는 어려서 약골이었고, 흥하는 집에 태어나지 못하고 기울어가는 가문 속에서 자라 무척 눈물이 많았으며, 인정이 헤퍼 자신의 슬픔을 표현하는 습성이 생겼고, 자신의 슬픈 눈으로 남의 슬픔을 읽는 것이 빨라 고독의 기쁨을 펼치는 문학의 길을 걷게 된다.[**]

혜화전문학교 2년 때 학교를 중퇴하고[***] 고향 해남으로 귀향한 후 강제징용을 면하기 위해 목포시청에 일시 근무한다. 이 무렵인 1946년에는 목포예술문화동맹에서 4인 시가집인 『네 동무』를 간행하였다. 이 시집은 오덕, 심인섭, 정철, 이동주 네 사람이 묶은 것으로 이동주는 「무궁화 노

[*] 이원섭, 「정의 응어리를 안고 살았다」, 《현대문학》, 1979. 4, 258쪽.
[**] 이동주, 「나는 왜 문학을 선택했는가」, 『그 두려운 영원에서』, 태창문화사, 1982, 232쪽.
[***] 혜화전문학교 재학시절에 「귀농」(《조광》, 1943. 6)과 「상열」(《조광》, 1943. 9), 「별리부」(《조광》, 1943. 11)를 발표함.

정」등 12편의 시를 발표한다.* 이때의 시들은 좌익 경향의 시였지만 좌익사상에 경도된 것이 아니라 유년시절 아픈 체험에 대한 동정심에 의한 것이었고, 김동리의 「무녀도」를 읽고 문학의 진정한 아름다움을 발견한 후 그의 문학적 태도는 완전히 바뀌게 된다.**

목포에서 상경한 후 《문예》지 사무실에서 조연현으로부터 서정주를 소개 받고 1950년 「새댁」과 「혼야」를 추천받아 문단에 데뷔한다. 그의 데뷔작 「황혼」, 「새댁」, 「혼야」의 심사평을 쓴 서정주는 "그와 제일 가까운 향리 근처 사람들의 온갖 선미한 생활감정에 대한 공감과 동정으로부터 시작한 것이며, 조선적이라는 것에서는 백석과 유사하나 북방적인 것과 남방적인 것의 차이뿐만 아니라 따뜻함으로 바꾸어놓는 것, 시어의 직조와 운율에서도 완전히 다른 특색 있는 시인"***이라 하였다. 이는 서정주가 이동주 시인의 특성과 그의 시적 행보를 예견한 평가라고 할 수 있다.

이동주가 등단한 《문예》지는 그에게 특별한 의미를 주었다. 해방 전에 간간이 발표한 작품은 모두 백지로 돌린다****는 단호한 천명에서 볼 수 있듯이 그의 시 세계에 새로운 이정표가 된다. 당대 순수문학의 대표적인 잡지라는 점에서 대단한 자부심을 가지고 있었다. 《문예》지가 폐간된 후에는 주로 《현대문학》에 많은 작품을 발표하는데 이 잡지는 그에게는 '문단 입신의 고향'이 될 정도였다. 자신의 시에 대한 평가를 기다리는 2개월 동안은 다른 일은 모두 제쳐두고 관심을 가졌다고 고백하고 있다.***** 시를 발표한 후에는 자신의 시에 대한 평가가 어떻게 전개될지에 누구보다 깊은 관심을 가졌다. 그는 "안이하게 다룬 성공작보다 고심해서

* 『네 동무』는 동인지 성격을 지닌 작품집으로 「귀농」, 「상열」, 「소녀」, 「무궁화 노정」, 「황혼」, 「추도」 등 12편을 수록함.
** 이동주, 「희생과 파탄 속에서」, 《현대문학》, 1962. 6, 185쪽.
*** 서정주, 심사평, 《문예》, 1950. 4, 100쪽.
**** 이동주, 「수혈하듯 작품을 썼다」, 《현대문학》, 1971. 8, 26쪽.
***** 이동주, 위의 글, 27쪽.

쓰여진 실패작을 더 높이 산다"고 할 정도로 시 창작에 남다른 심혈을 기울였다. 한 편의 시를 얻기 위해 가야금을 사서 동양화 감상하듯이 쳐다보고 만져보았고, 「고도산견」의 시를 위해 수차례 경주를 답사했으며, 「강강술래」를 쓰기 위해 여러 번 해남 좌수영에 가서 한가위 만월 아래 술래놀이를 하는 광경을 상상하면서 그림까지 그려올 만큼 열정적이었다.

1959년 이동주는 남성고등학교 교사로 재직하면서 원광대, 전북대에 출강하고, 1960년대 중반 이후에는 소설가인 아내의 영향인지 소설형식에 관심을 둔다. 시인, 소설가 등 실존 문학인을 대상으로 실명소설이라는 장르를 개척하여 《현대문학》에 연재하고 총 20명의 작가에 대한 실명소설을 각 작가의 특성에 맞는 부제를 달아 소설식 작가론을 쓴다.* 시인임을 고수하면서 소설형식을 빌린 것은 인간의 삶에 대한 관심과 산문 실력 또한 만만치 않음을 확인할 수 있다.

1963년 계간지 동인인 《시단》에 참여하고, 1965년 한국문인협회 이사로 취임하면서 적극적으로 문단활동을 한다. 1968년에는 '신문학 60주년 기념 심포지움'에 토론자로 참여하였고, 1970년에는 서정주가 회장으로 있는 《불교문협》에서 운영위원을 맡는 등 활발한 활동을 한다. 그렇다고 소위 문단정치에 휩쓸려 참여한 것은 아니다. 순수문학의 위기에 처했을 때 사표를 던질 만큼 자신의 소신을 굽히지 않는 지조를 보이기도 했다.

1971년 월남 한국군 사령부의 초청으로 월남을 방문한 후 월남기행문 「메콩강은 침묵한다」(월간문학, 1971. 8)를 썼고, 윌슨, 코린의 「영원한

---

* 실명소설은 1965년 3월호 《현대문학》에 「서정주 독심술의 내력 몇 가지」를 발표하고 반응이 좋아 그 후 계속해서 1970년 중반까지 연재하고, 유치환, 이광수, 김동인, 오상순, 박종화, 김영랑, 김유정, 김소월, 이상, 신석정, 모윤숙, 김동리, 서정주, 박두진, 조연현, 천경자 등 16명의 작가를 쓴 『빛에 싸인 군무群舞』(문예출판사, 1979. 4)를 발간하고, 이후 『실명소설로 읽는 현대문학사』(현대문학, 1993)에서는 모윤숙, 천경자를 빼고, 염상섭, 박화성, 최정희, 김현승을 추가하여 발간한다. 실명소설집과 수필집 『그 두려운 영원에서』는 사후에 발간되었다.

표류선의 기항지, 버어나드쇼오」(문학사상, 1975. 8)와 헤밍웨이와 호치너가 쓴 「공원의 비둘기를 잡아먹던 때」(문학사상, 1975. 8)를 번역하기도 했다. 이 무렵 그는 서라벌예대, 성신여대 등에서 강의를 하고, 1970년 《월간문학》 상임편집위원이 된다. 이때 《현대문학》을 비롯하여 각 문예잡지와 《동아일보》에 '이달의 시' 코너에 시평을 쓰고, 시 이외의 산문도 활발하게 발표한다.

이동주는 한국문협 사업간사, 부이사장 등을 역임하고, 1978년 한국문협 이사장 서정주의 세계일주로 이사장 권한대행을 하기도 했다. 그러나 그해 5월에 위암수술을 받는다. 말년에는 고향 친구의 권유로 시화전을 하려고 했지만 하지 못했다. 그는 투병하는 동안 고향의 푸른 보리밭을 그리워하면서 슬퍼하였고, 달밤이면 은녹색 파도에 헤엄치는 마음으로 마지막까지 시를 썼으며,* 고향 땅의 밭둑을 거닐어보고 싶어 했다. 말년에 오롯한 시집 한 권 수중에 없던 시인은 죽기 하루 전날 베갯잇 틈에서 꺼낸 원고지를 주면서 아내에게 시를 읽어달라고 했을** 정도로 시적인 삶을 살았다. 생전에 낸 마지막 시집인 『산조』는 25년 만에 낸 시집이다.

나는 남의 일엔 까닭 없이 신명을 얻지만 내 일인즉 무던히 등한한 사람이다 그래서 지금 내 수중엔 빛바랜 내 사진 한 장 변변한 게 없고 활자화된 문장 한 줄 스크랩해둔 것이 없다. 시를 발표한 지 연 30년이지만 시집 한 권 낸 적도 없다. 알려져 있기로는 『혼야』, 『강강술래』의 두 묶음이 있다고 하나 그건 내가 낸 내 시집이거니 생각질 않는다. 시집도 알뜰한 한 편 시와 같아서 내 손으로 가꾸고 다듬어진 책이라야 한다. 앞으로 내

---

* 이우선, 「아버지의 유산」, 『산조여록』, 서래헌, 1980, 113쪽.
** 최미나, 「남편의 임종」, 《현대문학》, 1979. 4, 266~267쪽.

가 살다간 흔적으로 처녀 시집 한 권쯤은 글 쓰는 분네에게 돌려지겠지 싶으다.

그런데 막상 시집을 낸다고 칠 때 모아둔 내 작품이 없으니 어떻게 할 것인가? 무척 망설여진다. 그러나 나는 구차하게 여기저기 복사해서 정리하진 않겠다. 다만 내가 외울 수 있는 작품만 적어보기로 하겠다. 내 기억에 남는 시, 이것만으로도 족하거니 생각한다. 한 30편 될까 말까 한다. 이 작품이 모두가 남의 기억에도 남을 작품이라면 내 30년 시업이 과히 게으른 건 아니리라.*

위의 글은 이동주가 시집 출간을 앞두고 시작 노트에 쓴 일부인데 김윤성이 공개한 글이다. 생전에 낸 마지막 시집인 『산조』의 서문에 쓴 글의 내용과 비슷하나 평생 온전한 시집 한 권 내지 못했던 이유가 밝혀져 있고 시인 자신은 시집 『산조』를 처녀시집이라고 한 것에서 알 수 있듯이 외운 시 30편을 평생의 시업으로 생각하고 있었다. "평생 직업으로 좋은 시 한 편 남긴다면 그렇게 살다간 것도 아니다. 나는 그게 없으니 부끄러울 뿐"**이라고 서문에 밝혔듯이 소박한 시인이었다. 그렇게 보면 병상에서 묶은 시집 『산조』는 시인에게는 '처녀 시집'이 되는 셈이다. 그토록 기다리던 『산조』(우일문화사) 시집 발간을 이틀 앞두고 평생 '수혈하듯 작품을 썼던' 이동주 시인은 60세로 1979년 1월 28일 영면했다. 장례는 문협장으로 치러졌다.***

* 김윤성, 「처녀시집─회상·이동주」, 현대문학, 1979. 4, 255~256쪽.
** 이동주, 시집 『산조』 서문, 우일문화사, 1979, 10쪽.
*** 1980년 고향 해남 대흥사 입구에 '이동주 시비가 세워져 있고, 이 시비 옆에는 1997년에 SBS문화재단 후원을 받아 문인협회가 현대문학표징비를 세웠다.

2. 이동주 시의 판본 특징

이동주(1920~1979)는 시력 30년이라는 긴 기간임에도 생전에 시집 한 권 내지 못했다. 그는 1950년대 등단한 시인으로 한국 전통 서정시의 맥을 잇고 있음에도 남겨져 있는 자료가 미비한 실정이다. 그는 절제된 언어를 사용하는 시인답게 다작의 시인도 아니었고, 시집을 내는 데에도 소홀했던 시인이었다. 1955년 시집『강강술래』간행 후 1979년 시집『산조』를 발행하기까지 무려 25년 동안 시집을 간행하지 않았다. 작고하기 전에 묶은『산조』시집에도 30편이 수록되어 있으나 10편이 재수록된 것이다. 작고 후 유족이 간행한『산조여록』에 수록된 50편의 시 중에도 2편이 재수록되어 실제로는 48편이 실려 있다. 결국 각 시집에 중복 게재된 시를 제외하면 총 98편의 시가 현재 남아 있는 셈이다.

그동안 이동주 시인에 대한 연구는 98편의 시를 중심으로 이루어져 왔다. 그러나 문예지에 발표한 시 중 시집에 수록되지 않은 67편*의 시를 포함한 165편의 시는 결코 적은 수는 아니다. 그동안 나온 시집과 재수록 편수를 보면 다음과 같다.

시집(출판사, 연도)	편수	재수록	실제 시 편수	비고
『혼야』(호남출판사, 1951)	18편		18편	
『강강술래』(호남출판사, 1955)	16편	4편**	12편	시와 산문집(시 16편, 산문 14편)
『산조』(우일문화사, 1979)	30편	10편***	20편	시선집
『산조여록』(서래헌, 1980)	50편	2편****	48편	
『이동주 시선집』(범우사, 1987)	52편	52편		시선집
미수록 발표 시			67편	
작품 총 시 편수			165편	『이동주 시전집』(2010)

첫 번째 시집인 『혼야』에는 등단하기 전에 《조광》지에 발표했던 시와 《문예》지에 발표한 등단 작품이 실려 있다. 『강강술래』는 시와 산문집이라고 표제를 삼고, 시 15편, 산문 15편이 수록되어 있다. 이 시집 산문 부분에 실려 있던 「꽃」은 시집 『산조』에 실릴 때 시인이 「꽃·1」로 수록하여 시로 보고 있어 『강강술래』 시집에는 총 16편의 시가 수록되어 있는 셈이다. 특히 산문이지만 시인이 「꽃」처럼 단순한 수필이 아닌 산문시로 볼 수 있는 작품으로 「호접부군胡蝶夫君」, 「우수憂愁의 가을」, 「여인찬女人讚」, 「맥풍麥風」, 「철야徹夜」 등이 있다. 이동주는 시 「사모곡」에서 호흡이 긴 산문시를 쓴 바 있고, 「꽃」을 시와 산문집인 『강강술래』에 수록할 때는 산문으로 분류했던 것을 시집 『산조』에서는 시로 분류한 것으로 보아 산문시의 여지가 충분히 있다. 그러나 시인이 생전에 산문으로 분류하였기에 본 전집에는 제외했다. 이 산문들은 작고 후 유족이 묶은 수상집 『그 두려운 영원에서』(태창문화사, 1980)에 수록되어 있다.

이동주 시인의 작품을 묶으면서 몇 가지 특징을 발견할 수 있었다. 같은 제목으로 시를 여러 편 발표한 경우와 발표한 시를 시집에 수록하면서 개작을 한 경우가 상당히 많다. 시인이 직접 시 제목에 번호를 붙여 연작시로 발표한 것은 「한」 4편과 「산조」 5편뿐이었다. 그 외 「노을」, 「길」, 「꽃」, 「산」, 「독백」, 「꿈」, 「고향」, 「소묘」 등의 작품은 모두 번호를 붙이지 않고 같은 제목으로 여러 편 발표하였다. 이들 작품은 연작시의 의도로 작품을 쓴 것이 아니라 각각 단편으로 쓴 것이다. 이동주 시인은 발표한 시를 개작해서 다시 발표한 경우도 있고, 시집에 수록하는 과정에

---

* 발표 지면은 67편보다 많이 찾았지만 《갈매기》, 《시정신》, 《시와 산문》 등의 일부 잡지는 1950년대 초에 지방에서 발행한 것이라 현재로서는 발표 지면을 찾을 수 없었다.

** 재수록 시는 「혼야」, 「새댁」, 「소녀」, 「봄」으로 4편인데, 이 중에 「봄·1」은 대폭 수정했음.

*** 재수록 시는 「뜰」, 「숲」, 「혼야」, 「새댁」, 「강강술래」, 「대불」, 「기우제」, 「해녀」, 「서귀포」, 「꽃·1」 10편임. 「꽃·1」은 『혼야』에서 산문으로 분류했던 것임.

**** 재수록 시 「북암」, 「여수」 2편임.

서 개작을 한 경우가 있는데 시집 『산조』에 많이 나타난다. 『산조』는 시인이 작고하기 직전에 병상에서 묶은 시집으로 총 30편의 시 중에 10편의 시가 재수록되어 있고, 이 과정에서 발표 당시의 시와는 달리 일부 개작한 시들이 상당수 있다.[*]

특히 「강강술래」는 1961년도에 개작을 해서 각종 문예지에 대표 시로 발표를 했음에도 개작하기 이전의 작품이 시집에 수록되어 있다. 그런 이유로 「강강술래」는 1955년에 시집에 실린 시와 1961년 개작된 시, 두 종류의 시가 각종 한국대표시집에 수록되어 혼란을 주고 있으며 이는 기존의 연구자들에게도 마찬가지로 나타난다.

두 편의 시를 비교하면 다음과 같다.

「강강술래」 원시	**「강강술래」** 개작시
여울에 몰린 은어 떼	여울에 몰린 은어 떼
가아웅 가아웅 수우워얼 래에	삐비꽃 손들이 둘레를 짜면 달무리가 비잉, 빙 돈다
목을 빼면 설음이 솟고……	
	가아웅 가아웅 수우워얼 래에
백장미白薔薇 밭에	목을 빼면 설음이 솟고……
공작孔雀이 취했다	

---

[*] 시집 묶는 데 참여했던 감태준에 의하면 이동주 시인에게는 이전에 나왔던 시집이 없었기 때문에 외운 시를 자필로 써주었고, 그것을 토대로 시집을 묶었다고 한다. 이 과정에서 발표 당시와는 달리 부분적으로 수정된 시가 시집 『산조』에 실리게 되었음을 증언했다. 대표 시 「강강술래」는 일찍이 개작을 해서 여러 곳에 발표했음에도 첫 번째 발표한 시를 수록하였고, 시 「한 1」은 수록과정의 실수로 뒷부분은 완전히 다른 시가 되어 수록되어 있다.

뛰자 뛰자 뛰어나보자
강강술래

뇌누리에 테프가 감긴다
열두 발 상모가 마구 돈다

달빛이 배이면 술보다 독한 것

갈대가 스러진다
기폭이 찢어진다

강강술래
강강술래

—『강강술래』, 1955.

백장미白薔薇 밭에
공작孔雀이 취했다

뛰자 뛰자 뛰어나보자
강강술래

뇌누리에 테프가 감긴다
열두 발 상모가 마구 돈다

달빛이 배이면 술보다 독한 것

기폭이 찢어진다
갈대가 스러진다

강강술래
강강술래

—『한국전후문제시집』, 1961.

이 시는 1961년 『한국전후문제시집 8』(신구문화사)에 수록되면서 1~
3연이 수정된다. 원시에서 3연을 각각 1행으로 했던 것을 개작시에 2연
2행을 추가하고 "가아응 가아응 수우워얼 래에/ 목을 빼면 설움이 솟
고……"의 2행을 3연으로 개작한다. 개작하면서 추가된 내용은 삐비꽃
같은 가냘프고 흰 손의 이미지를 살려 가난하고 여린 소녀의 이미지를
드러내려는 의도를 반영하고 있다.* 달빛 아래에 은어처럼 하얗게 몰려

오는 소녀들은 모두 삐비꽃처럼 여린 이미지를 낳는다. 강강술래는 본래 부녀자들이 노래하면서 춤추는 민속놀이기에 즐거운 축제 분위기를 자아낼 수도 있다. 원시 3연의 "목을 빼면 설움에 솟고"라고 표현한 부분에서만 서러운 이미지가 묘사되는데, 개작에 추가된 '삐비꽃 손'의 묘사를 통해 여린 소녀들의 이미지가 비극적 이미지를 보다 상승시키는 시적 효과가 나타난다. 따라서 강강술래 노래가 산 넘어 멀리까지 들리도록 목청껏 외쳐야 하는데, 잘 먹지도 못한 여린 소녀들의 이미지를 통해서 시의 전반에 흐르는 비극적 이미지를 고취시키는 역할을 하려고 개작을 한 것이다. 또한 개작시 8연에서 "기폭이 찢어진다"와 "갈대가 스러진다"의 순서를 바꾸어 놓음으로써 시의 리듬감을 달리하는 효과를 주고 있다. 기폭이 찢어질 만큼 급상승한 리듬감은 갈대가 쓰러지는 장면과 연결되어 호흡은 가라앉게 하는 효과를 준다. 이는 1연에서 3연까지 "비잉, 빙", "가아웅 가아웅 수우워얼 래에"의 가락은 산조의 진양조 가락처럼 매우 느리던 호흡이 연이 증가함에 따라 점차적으로 빠르게 진행된다. 5연에서 8연에 이르면 최고조로 빠른 가락으로 이어지고 마지막 연의 "강강술래/강강술래"에서는 호흡을 가다듬는 엇모리 가락으로 리듬이 변화되는 것을 발견할 수 있다. 즉 산조가락인 진양조, 중모리, 자진모리, 휘모리, 엇모리처럼 한 편의 시에 리듬의 변화를 담아 역동적인 리듬감을 얻고 있는 것이다. 이처럼 개작에는 삐비꽃 같은 소녀의 이미지를 첨가하여 비극적 이미지를 증폭시켰고, 시의 전편에 흐르는 가락의 변화를 살린 효과를 발견할 수 있다.

　　개작된 시 「강강술래」는 『한국전후문제시집』(1961)에 수록하였고, 이후 1967년 《현대문학》에 1950년대 대표시란에 수록될 때도 같은 시를 게

---

* 이동주는 개작한 시 「강강술래」를 인용하면서 시 창작의 배경과 해설을 설명하고 있다(이동주, 「강강술래」, 『그 두려운 영원에서』, 170쪽).

재했었다. 이후 서정주 편 『한국명시선』(1977), 신경림과 정희성이 엮은 『한국 현대시의 이해』(1981), 조남익의 『한국 현대시 해설』(1993), 최동호 편저 『한국명시』(1996)에도 위의 수정된 시가 실리지만 대부분의 한국대표시집 속에는 개작 전의 시도 상당수 발견할 수 있었다. 그것은 시집 『산조』에 개작 전의 시가 수록되어 있기 때문이다. 따라서 이러한 사정을 인정해서 본 전집에서는 시인이 수정한 시인 『한국전후문제시집』(1961) 판을 택한다.

이동주 시인은 시집을 발간하면서 부분적으로 어휘를 수정하거나 제목을 수정한 경우가 다소 발견되고, 아래의 시 「봄」처럼 전반적으로 수정한 시도 있다.

봄

계집애는 이름이 없대요
나이도 모른대요

저런 박살할 년……
걸핏하면 죽는대요

강아지와 나란히 부엌에 앉아
썩썩 비벼 맵게 먹고

빨간 오리발 손에
얼음이 백혔대요

봄

이름을 물으면
눈물이 글썽하다

올해 몇이지?
붉은 웃음을 모으로 른다

저런 박살할 년
걸핏하면 죽는구나

강아지와 나란히 부엌에 앉아
썩썩 비벼 맵게 먹고

"올해 몇이지?"
어쩌다 나이를 물으면

살랑살랑 능금빛 얼굴을
두쪽으로 쩍 벌려 하얗게 돌아선대요

소쩍새
죽은 어미의 소쩍새가 빨래터로 부르면
말처럼 마구 달아나서
애꿎인 호들기만 울리더래요

—『혼야』

어구차게는
일손도 잡는다

진달래 불이 붙고
버들가지 시름을 놓으면
빨래터엔 어미 죽은 소쩍새……

가시네사 가시네사
입덧처럼 슬픔이 차서

말만 한 허우대로 진종일
호들기만 울려 싼다

—『강강술래』

위의 시 「봄」에서 보는 바와 같이 대폭 수정한 시도 있다. 본 시전집
에서는 시인이 뒤에 수정한 『강강술래』판을 택한다. 앞선 시에서는 연
결종결형 어미를 "—대요, —래요"를 사용해서 구어체의 의미를 살려 리
듬을 택했다면 개작시에서는 이 부분을 모두 삭제하고 객관적인 표현을
살려 시적 거리를 유지하고 있다. 한편 시집에 미수록된 시를 묶으면서
대표작 중 하나인 「한」 연작시 3편을 발굴한 점에 있어서 의미가 크다.
「한」은 총 4편*을 발표했는데 기존의 시집에는 제일 먼저 발표한 1편만
시집 『산조』에 수록되어 있다. 1973년에 발표한 「한 3」은 「한 · 4」여야 하

* 「한」(《현대문학》, 1961. 1), 「한 2」(《사상계》, 1961. 9~10), 「한 3」(《현대문학》, 1961. 12), 「한 Ⅲ」(《동아
일보》, 1973. 4. 14).

는데, 이미 번호를 부여한 '한 3'으로 한 것을 보면 시간이 많이 흘러 착각한 것으로 보인다. 「한」이라는 같은 제목의 시를 4편까지 쓸 만큼 이동주 시인은 '한'에 대한 정서에 관심을 가졌고, 대표적인 '정한의 시인'이라는 평가를 받았다.

그런데 첫 번째 발표한 「한」은 시집 『산조』에 수록되어 연구자들에게 많이 인용된 작품이지만, 발표 시와는 달리 표기가 잘못되어 연구에 오류를 준 작품이기도 하다. 오기된 표현을 그대로 인용하여 이동주 시에 나타난 '한'의 이미지 연구를 올바르게 연구하지 못한 것이 현실이다. 실제로 「한」은 《현대문학》(1961. 1)에 발표하고 이후 같은 작품을 《세대》 (1963. 5)에 발표한 바 있다. 《현대문학》에 실릴 때에는 1연 2행의 '저승'이 '정승'으로 오기되어 있고, 《세대》에 발표될 때는 바로잡았다. 그러나 이 시가 시집 『산조』에 실릴 때는 6연이었던 시를 7연으로 늘려서 시의 내용이 전혀 다르게 전달된다. 그 내용을 보면 다음과 같다.

한恨 1

나의 길은
저승보다 머언 눈물.

나의 기다림은 또,
어리석은 영원!?

서리 먹은 하늘에
달이 영글어

한恨 1

나의 길은
저승보다 머언 눈물.

나의 기다림은 또,
어리석은 영원!?

서리 먹은 하늘에
달이 영글어

태산이 풀리는   태산이 풀리는
외기러기 실울음.   외기러기 실울음.

어둠에서 다져지는   어둠에서 다져지는
나의 신명은   나의 신명은

바다가 아니면   바다가 아니면
차라리 비워둔 들녘   얼음 밑의 미나리 순

―《현대문학》, 1961. 1.   이 빠진 웃음으로 손을 잡으면
                                  꿈결같을라, 스쳐간 바람

                                  ―시집 『산조』, 1979.

　《현대문학》에 발표한 「한 1」은 왼쪽의 시처럼 6연인 것을 시집 『산조』에 수록되면서 7연이 된다. 발표 시인 6연의 2행 "차라리 비워둔 들녘"이 시집 『산조』에는 "얼음 밑의 미나리 순"으로 수정되고, 7연 2행인 "이 빠진 웃음으로 손을 잡으면/꿈결같을라, 스쳐간 바람"이 추가된다. 그러나 이것은 시집 수록과정에서의 착오로 판단한다. 추가된 6연 2행과 7연은 시 「산조 3」의 6연 2행과 7연이기 때문이다. 그것은 1961년판 『전후문제시집 8』에 이동주 대표시 14편의 시가 수록되어 있는데, 「산조 3」과 「한」이 나란히 수록되어 있는 점으로 미루어 착오를 일으킬 여지가 충분히 있다. 즉 시집 『산조』를 묶으면서 이 판본을 사용하는 과정에서 착오를 일으킨 것이다. 원시의 내용인 "차라리 비워둔 들녘"이 '얼음 밑의 미나리 순'과 '바람'으로 수정되어 시적 여운을 상당히 달라지게 했

다. 5연의 '나의 신명은'과 연결된 6연이 "바다가 아니면/차라리 비워둔 들녘"이어야 한다. 그래야 시 「한」의 이미지가 '바다' 또는 '비워둔 들녘'으로 연결되기 때문이다.

또한 시집 『산조』에 수록된 「산조 3」은 실제로 제목 「산조 4」(《현대문학》, 1960. 4)를 발표한 시로 바로잡는다. 시집에 수록하면서 발표시 「산조 3-구천동」(《현대문학》, 1959. 7)을 누락하고 발표시 「산조 4」를 「산조 3」으로 수록했다. 또한 이 과정에서 「산조 3」(『산조』)의 6, 7연이 삭제되는데 그 부분이 바로 위의 시 「한」의 6, 7연이다. 삭제된 부분은 6연은 "저리고 슬프기야/ 얼음 밑의 미나리순!"이고, 7연은 "이 빠진 웃음으로 손을 잡으면/꿈결 같을라, 스쳐간 바람"이다.

이 외에도 시집 『산조여록』에 수록된 시 「금지구역」은 발표시와는 달리 4~5연이 삭제되어 있어 바로잡는다. 시집 『산조여록』(1980)은 시인이 작고한 이후에 나온 시집으로 시인이 참여해서 개작한 시로 보기 어렵고, 시집 수록과정에서 누락된 것으로 보인다. 삭제된 4연은 "낙관없는 추사도 불상도/ 내 순정을 앗아간 당신의 시집도 지가紙價를 올린 시리스도"이고, 5연은 "그리고, 발가벗은 주간물도/ 네 결혼 청첩장까지도 깡그리 썩어 있다"이다. 또한 시집 『산조』에 실린 시 「산」은 시집 『산조여록』에 실린 「산 1」, 「산 2」, 「산 3」을 혼합해서 한 편으로 만든 듯한 인상이 짓다. 「산 1」, 「산 2」, 「산 3」은 개별적으로 문예지에 발표한 시인데, 시집 『산조』를 묶으면서 외운 시를 자필로 적어주는 과정에서 생긴 착오로 보여 엄밀한 의미에서는 의미가 없다고 할 수 있다.

지금까지 살펴본 바와 같이 이동주는 발표 시를 시집에 수록하는 과정에서 개작을 한 경우가 상당수 있었으며, 한편으로는 출판과정의 오류로 잘못 표기된 시가 있었다. 특히 그의 대표작인 「강강술래」의 개작시가 널리 알려지지 않아 두 편의 시가 혼재해 있는 경우가 있었고, 「한」의 연작시들이 시집에 수록되지 않아 '한'에 대한 깊이 있는 연구를 하지 못한 점에서 이번 기회에 바로잡는 것은 매우 의미 있는 일이라고 할 수 있다.

3. 이동주의 시 세계

이동주는 역사적 질곡 속에 시가 무엇인지, 시인의 사명이 무엇인지에 대한 고민을 하면서 시의 세계로 발을 디딘 시인이다. 시인은 스스로 자신이 던진 물음에 시의 문제는 인생이 무엇인가 하는 의문을 푸는 것이며 인류의 영원한 숙제라고 하였다. 시인의 사명이라는 정신적 가치에 중점을 두면서도 전통적인 가락을 현대시에 접목시킴으로써 시의 본령은 음악에 있다는 고전적인 시관을 가지고 일관된 시 세계를 지켜왔다. 해방 이후부터 등단 이전에는 목포에서 활동하면서 잠깐 보인 좌익 경향의 시를 발표한 바 있으나, 혜화전문학교 시절부터 시의 경향은 완전히 달라진다. 그 후 작품 활동 기간은 30년이지만, 그의 시 세계는 크게 변하지 않고 일관되게 흐르게 된다. 1950년 《문예》지에 등단하면서 밝힌 당선 소감에서 평생 시인이 일궈낸 시업의 특색을 살필 수 있으며, 그의 시 세계에 관통하고 있는 특성을 읽어낼 수 있다.

시를 알뜰하게 곱게는 쓰고 싶다. 그러나 조달한 천재로 그릇된 서정을 팔아 감상기 소녀의 순정을 사기하는 연문투의 감언이설을 두려워한다. 시가 맨탈 테스트와는 달라 짓궂게 난삽한 어귀로 남의 이해를 궁하게 하여 희희농락하기 싫다. (중략) 멋은 좋으나 쟁인놈이 안 되고자 한다. 지식을 섭취하는 데 동서고금의 청탁이 없다. 허나 조국의 지질과 동양의 풍에 맞는 묘목을 골라 황무지 이 땅에 꽃을 피우겠다. 선배에게 도

전할 준비도 갖추고 있다. 다만 인사는 얌전히 하고 확고한 이론의 무장
이나 빛나는 작품으로 무색을 주겠노라. (중략) 어머니의 슬픈 모습을 염
주처럼 목에 걸고 외로운 시문詩門에 귀의하겠노라.*

위에서 밝힌 바와 같이 연애시도 쓰지 않고 난해한 언어로 시를 쓰지
도 않겠으며, "조국의 지질과 동양의 풍에 맞는 묘목"을 골라 "황무지 이
땅에 꽃"을 피우는 시를 쓰겠다고 했다. 그것은 자신의 토양과 동양정신
을 토대로 해서 아직 피워내지 않았던 '꽃'을 피우겠다고 선언한 것이다.
그가 황무지에 피운 꽃이 곧 이동주 시인의 시 세계의 특징이 될 것이며,
그것은 기존에 없었던 새로운 시 형식을 추구하겠다는 것을 미루어 짐작
할 수 있다. 동양적이면서 한국적인 것, 그러면서 한국 전통 서정시의 순
수성을 지닌 철저한 시관을 등단시기부터 이미 가지고 있었다. 시인이
되는 것이 입신양명하는 것은 아니지만 영웅이 되어 금의환향하기를 염
원한 어머니의 소망처럼 "어머니의 슬픈 모습을 염주처럼 목에 걸고 외
로운 시문에 귀의"하였다.
    이와 같은 문학관을 가지고 이동주는 평생 큰 변화 없이 자신의 시
세계를 구축하였다. 그는 초기 시부터 후기 시에 이르기까지 끊임없이
순수한 전통 서정시의 자리를 지켜왔다. 그의 대표작이 「강강술래」, 「혼
야」, 「산조」 등인 점에서 알 수 있듯이 사라져가는 전통에서 시의 멋과
리듬을 발견하였다. 특히 전통적인 한국 여인의 정한을 어느 시인보다
고풍스럽게 묘사하여 새로운 '한의 미학'을 구축했다. 그의 대표작이자
등단작인 「혼야」, 「새댁」, 「황혼」은 그의 시가 출발하고 있는 지향점을
분명히 밝혀준 작품이며, 그 이후 전 생애 동안 계속 이어지는 시 세계의

| * 이동주, 추천완료 소감, 「시문詩門에의 귀의歸依」, 《문예》, 1950. 4, 101쪽.

기호가 된다. 「혼야」에서는 어머니의 첫날밤, 「새댁」에서는 새색시 시절, 「황혼」에서는 아버지를 기다리고 있는 어머니의 젊은 시절을 대변한다. 이는 앞서 등단 소감에서 밝혔듯이 이동주 시인의 목에 염주처럼 걸었던 어머니의 슬픈 삶의 여정을 드러낸 것이다. 이 세 편의 작품을 통해 이동주 시인의 작품 세계를 가늠해보고자 한다.

금슬琴瑟은 구구 비둘기……

열두 병풍
첩첩 산곡인데
칠보 황홀히 오롯한 나의 방석

오오 어느 나라 공주오니까
다소곳 내 앞에 받들었소이다

어른일사 원삼을 입혔는데
수실 단 부전 향낭이 애릿해라

황촉黃燭 갈고 갈아
첫닭이 우는데
깨알같은 정화가 스스로워……

눈으로 당기면 고즈너기 끌려와 혀끝에 떨어지는 이름
사르르 온몸에 휘감기는 비단이라
내사 스스로 의의 장검을 찬 왕자

어느새 늙어버린 누님 같은 아내여
쇠갈퀴 손을 잡고 세월이 원통해 눈을 감으면

살포시 찾아오는 그대 아직 신부고녀

금슬은 구구 비둘기

―「혼야」 전문

「혼야」의 풍경은 황홀하고 아름답게 묘사된다. 공주처럼 아름다운 신부와 장검을 찬 왕자가 오롯이 정화를 나누는 첫날밤의 정경은 황홀한 공간을 마련한다. 과거의 공간을 현재화하면서 현재의 공간까지 이어준 시적 구성은 매우 돋보인다. 즉 현재의 시간 속의 어머니는 늙어버려 세월이 원통하지만, 그래도 "눈을 감으면" 다시 돌아갈 수 있는 신부였던 "어머니의 시간"을 만날 수 있게 하기 때문이다. 과거에서 현재로, 현재에서 다시 과거로 순환되는 시간성은 뫼비우스의 띠처럼 과거와 현재가 구별되지 않게 구성하고 있다.

특히 「혼야」에서 공주는 "나의 방석", "내 앞에 받들었고", "내사 스사로 의의 장검을 찬 왕자"에서처럼 시적 화자가 '나'로 되었다가 7연에 와서는 '누님 같은 안해'로 전환되고, 이는 다시 마지막 연에서 '그대 아직 신부'로 되돌아간다. 즉 과거의 새색시의 모습에서 현재의 늙은 어머니의 모습을 발견하고, 세월이 원통하지만 그래도 자신에게는 여전히 '신부'의 모습을 하고 있는 현재의 시간성은 태초의 시간을 현재화하여 통시적인 시간성을 무화시킨다. 그것은 1연인 "금슬은 구구 비둘기"가 마지막 연에서 다시 반복하는 시적 구조의 특성도 이를 잘 반영한다. 그래서 시인에게 과거의 시간은 과거만의 시간이 될 수 없는 '현재화의 영원성'이라는 시간 개념이 설정된다. 시인의 어머니는 곧 시인 자신의 실존을 증명할 수 있는 공간이며 시간이기 때문이다.

시인의 실존은 곧 어머니에서부터 비롯되기 때문이다. 이것은 어머니의 시간과 시인 자신의 시간이 구별되지 않은 것처럼 시인의 존재는 어머니의 삶을 통해 드러날 수밖에 없다. 이는 어머니의 시간과 시인의 시간은 하나의 궤를 이루고 있다는 것을 의미한다. 물론 어머니의 슬픈 모습을 질료로 삼아 노래했다고 해서 이동주 시인의 개인적인 것만을 한정하는 것은 아니다. 이는 한국 여성의 보편적인 삶을 대변하는 것으로 확대되기에 시적인 성취를 얻을 수 있는 것이다. 어머니의 정한은 곧 한국의 전통적인 여성의 한이며, 시인 자신의 정한과 궤를 같이 하기 때문이다.

이러한 어머니의 삶은 함께 발표한 「새댁」에도 이어진다.

새댁은 고스란히 말을 잃었다

친정에 가서는 자랑이 꽃처럼 피다가도
돌아오면 입 봉하고 나붓이 절만 하는 호접胡蝶

눈물은 깨물어 옷고름에 접고
웃음일랑 살몃이 돌아서서 손등에 배앝는 것

큰 기침 뜰에 오르면
공수로 잘잘 치마를 끌어

문설주 반만 그림이 되며
세차게 사박스런 작은 아씨 앞에도
너그러움 늘 자모였다

애정은 법으로 묶고
이내 돌아오지 않는 남편에게
궁체로 얌전히 상장을 쓰는……

머리가 무릇같이 단정하던 새댁
지금은 풀어진 은실을 이고 바늘귀를 헛보시는 어머니

아들은 뜬구름인데도
바라고 바람은 태산이라

조용한 임종처럼
탓없이 기다리는 새댁

―「새댁」 전문

「혼야」에서의 신부는 아름다운 공주였지만 「새댁」에서는 시집살이에 고단한 새댁이 남편을 기다리는 단정한 아내로 묘사된다. 친정에 가서는 말이 '꽃처럼 피었다'가도 시집에 돌아와서는 '말을 잃어버리고' 눈물 적시며 남편을 기다리는 인고의 삶을 살고 있는 전통적인 여성상이다. 과거에는 쉬이 돌아오지 않는 남편을 기다리는 새댁이었지만 현재는 뜬구름 같은 아들을 임종처럼 조용히 기다리는 새댁이 곧 시인의 어머니다.

이 시는 「혼야」의 구조와 같이 과거와 현재가 겹치는 구조를 지녀 기다림의 영속적인 시간성을 묘사하고 있다. 과거에는 아버지를 기다렸다면, 현재는 아들을 기다리고 있기에 어머니의 시간은 바뀌지 않고 지속적으로 진행되고 있는 것이다. 그렇기에 여전히 '새댁의 시간성'에 머물러 있다. 이동주는 이처럼 어머니의 시간성을 인식하는 것에서 곧 삶을 이해하는 단초를 찾은 것이다.

> 서쪽은 노을에 취해 죽은 듯 자고
> 잔디밭 양은 가자고 설리 운다
> 목화 따던 새댁네는
> 구름 우에 시무룩 서서
>
> 어스름 태고로 낡아지는
> 면-산 재 넘어 돌아서 올
> 고을 갔던 임자가 오는가 오는가 본다
>
> ―「황혼」 전문

「황혼」은 백제의 시가 「정읍사」처럼 장에 간 남편이 무사히 돌아오기를 기원하는 망부가로서 전통시가의 맥을 잇고 있는 작품으로 평가할 수 있다. 밭에서 열심히 목화 따던 새댁은 양의 울음을 듣고 비로소 해가 지고 있음을 발견한다. 일을 마치고 집으로 돌아갈 시간임을 알고 새댁은 아직 돌아오지 않은 남편을 생각한다. 남편이 돌아올 먼 산을 바라보는 여인의 기다림은 고을 갔던 임자가 "오는가 오는가 본다"라는 시적 화자의 시선에서 간절하게 느껴진다. 이러한 시적 화자는 '새댁'을 객관화해서 시를 전개하지만 "시무룩 서서"와 "오는가 오는가 본다"에서 시적 자아의 감정을 개입시켜 기다림의 정서를 더욱 증폭시킨다. 이것은 '목화 따던' 새댁이 먼 산을 바라보는 모습까지만 객관적 상황이고, 마지막 연에서 '오는가'를 반복적으로 토로하면서 감정이 개입되기 때문이다. '오는가'의 반복뿐만 아니라 '본다'를 덧붙임으로써 한없이 기다리고 있는 시간성과 재를 넘어 먼 산의 공간성을 대비시킴으로써 새댁의 감정을 고조시키는 역할을 한다. 그래서 이 시는 남편의 무사귀가를 간절히 기다리는 「정읍사」의 정서에 닿아 있다고 할 수 있다.

이처럼 전통적인 여성상으로 그려진 어머니의 모습은 위의 시 외에도 그의 시 전편에 많이 나타난다. 그중에 22행의 산문시 「사모곡」역시 어머니의 일대기를 그린 것으로 전통적인 한국 여성의 삶을 대변한다. 그의 어머니는 고단했던 삶을 살아왔던 이 땅의 보편적인 모든 어머니였다. 어머니의 슬픈 모습을 염주처럼 목에 걸고 외로운 시문에 귀의하겠다던 시인의 출사표에서 본 바와 같이 어머니의 슬픔을 노래하는 것이 시인의 사명이자 존재 이유였던 것이다. 어머니의 삶은 곧 시인 자신의 삶이었기에 어머니의 한은 시인 자신의 한으로 확대되어 평생을 떠돌이 시인으로 살게 했다. 어머니의 고단했던 과거의 삶은 고스란히 자신의 삶으로 연결된 것이기 때문이다. 즉 어머니의 삶으로 표상되는 과거의 삶이 모두 현재로 동화된다는 점에서 어머니와 나의 동일화, 자아와 세계와의 동일화를 그려낸 것이 이동주 시의 특징이 된다.

4. 맺음말

이동주는 1951년 등단한 이래 30년 동안 문학활동을 하면서 3권의 시집과 1권의 유고시집을 발간하고, 170여 편의 시를 남겼다. 전라도의 시인 김영랑에 이어 해남의 시인으로 자리하면서 1950년대 한국 전통 서정시의 맥을 이어왔다. 이동주는 김영랑의 음악적인 시들에 영향을 받았고, 조지훈의 고풍스런 전통 서정시의 영향을 받으면서 이동주만의 순수 서정시의 자리를 개성 있게 구축하였다. 그는 서구화된 모더니즘에 경도되지도 않고 우리말의 아름다움과 고유한 한의 정서를 전라도 가락에 실어 1950년대 한국 전통 서정시의 맥을 나름대로 지켜온 대표적인 시인들 중의 한 명으로 자리했다.

이동주는 유년시절 이름난 가문에서 태어났지만 가문의 몰락으로 평생 가난한 시인으로 살아왔다. 개인적인 가족사의 고난인 한과 한국전쟁이라는 민족의 아픔인 한을 고뇌한 시인의 한 사람으로 민족의 한으로 확대된 시 세계를 펼쳤다. 특히 그의 대표작인 「강강술래」는 개작의 과정을 거치면서 민족의 한을 표출하였고, '한'의 연작을 통해 삶의 정한을 풀어내었으며, 「산조」 연작을 통해 시의 형식적인 가락의 '멋'을 창조했다. 또한 그는 일찍이 어머니와 함께 고향을 떠났지만 끊임없이 고향을 노래했다. "고향 고향 고향이랬자/ 거덜난 쑥대밭"(「고향」)이었고, "청자를 끼고도 자랑할 수 없었던" 고향이었다. 그런 고향은 어머니와 동일화되면서 평생 바라보고 회고하는 시적 대상이 된다.

이동주의 시적 감각과 절제된 언어의 힘은 그의 서정시에서 빛나고 있음은 그의 등단작 「혼야」, 「새댁」, 「황혼」의 시를 통해서 개성 있게 발휘된다. 이들 작품 속에서 빛나는 감각성과 묘사력, 가락의 힘은 개성 있는 정한의 시 세계를 낳는 데 일조를 한다. 이는 1950년대 서정시인의 반열에서 이동주 나름의 자리를 구축하는 계기가 된다.

이동주의 작품세계는 특별한 변화 없이 초기에 보여준 시 세계를 마지막까지 유지해왔다. 1950년대를 거쳐 1970년대까지 격동의 세월을 살아가면서 시인 특유의 시법으로 한국 전통 서정시의 맥을 이으며 일관되게 시 세계를 일구었다. 시의 본질을 언어와 리듬에 두고 남도의 향토적인 정서와 고전적인 우아미를 정교한 솜씨를 발휘하여 「혼야」, 「새댁」, 「침선도」, 「소복」 등의 작품을 남겼다. 특히 「황혼」의 작품에서 보여준 망부가의 이미지는 백제가요 「정읍사」의 맥을 이어 전라도 시인인 이동주를 더욱 빛내게 하는 작품으로 새롭게 평가할 수 있겠다.

1920년 2월 28일(음력) 출생. 전남 해남군 현산면 읍호리에서 아버지 이해영과 어머
니 이현숙 사이에서 1남 1녀 중 외아들로 태어남. 본관은 전주, 아호는 심호.
읍호리는 전주 이씨의 집성촌으로 이조참판 이재범의 증손자로 태어남. 가산
이 기울어 12세 때 외가인 공주로 이사해서 공주고등보통학교까지 다님.

1927년 현산초등학교 입학. 증조부 이재범이 사랑에 사재를 들여 세운 달산학교. 현
재는 현산초등학교로 개명.

1932년 달산학교 13회 졸업.

1933년 공주고등보통학교 입학.

1935년 매일신보 학생란에 「추억」이란 시가 실림. 원고료 1환을 받음.

1937년 공주고등보통학교 졸업. 어머니가 염소를 팔아 준 7환을 가지고 상경.

1940년 혜화전문학교 불교과 입학. 윤길구, 송영철 등과 함께 기거하면서 고학을
함. 문학 동기생으로 정태용, 조영암, 이원섭 등이 있었음.

1942년 혜화전문학교 2년을 중퇴하고 고향 해남으로 귀향.

1943년 《조광》지에 시 「귀농」, 「상열」, 「별리부」 등을 발표. 강제징용을 피하기 위해
목포시청에 근무.

1945년 해남군 황산면사무소 근무, 장남 우선 출생.

1946년 좌경단체인 목포예술문화동맹에 가담. 오덕, 심인섭, 정철 등과 공동시집
『네 동무』 간행. 광주 호남신문 문화부장 취임.

1948년 「무녀도」를 읽고 좌경문학활동 중단 후 상경하여 《신사조사》에 취업. 그 후
서울연합신문 문화부차장이 됨.

1949년 차남 우명 서울에서 출생.

1951년 첫 시집 『혼야』를 호남공론사에서 간행. 전라남도 문화상 수상.

1952년 차재석을 중심으로 시동인지 《시정신》을 목포에서 간행. 전라남도 문화상을
수상.

1955년 시집 『강강술래』를 호남출판사에서 간행.

1959년 전북 이리로 이사, 남성고 교사로 취임, 원광대, 전북대 출강.

1960년 한국문인협회상 수상, 장녀 수정이 이리에서 출생.

1962년 전북 전주로 이사.

1965년 1월 한국문협 임원개편에 이사가 됨. 당시 곽종원, 정한모, 전숙희, 차범석, 정한모, 신석초, 김상옥 등이 이사로 선임됨.

5월 「제4회 문예상」 장려상 수상. 문학, 미술, 음악, 연예 4개 분과에서 문학 부분 장려상 수상 상금 4만 원 받음. 문학 본상은 조연현이 받음. 숭실대 출강.

1966년 부친 이해영 사망.

1967년 서라벌 예대 출강.

1968년 2월 예총 산하 회장단 선거에 문제가 있었고, 산하 문협에서도 상임이사에 이종환을 이형기로 바꾸는 바람에 소란해져 이사직을 사퇴.

6월 「신문학 60주년 기념 심포지움」에 '시에 있어서 한글전용문제'를 발표한 박목월 토론자로 참여.

시 「강강술래」 백병동에 의해 가곡으로 작곡.

1969년 한국문협 시분과위원장 취임.

9월 월간문학사 주최 「신화와 문학 심포지움」에 토론자로 참여.

1970년 월간문학 상임 편집위원으로 취임. 서정주가 회장으로 추대된 《불교문협》을 결성하고 운영위원이 됨.

7월 「신문학 60년 결실, 문학대강좌」 발간 추진.

10월 「한국문학 심포지움」 참가.

1971년 주월 한국군사령부의 초청으로 월남을 방문. 모친 이형숙 사망.

9월 《월간문학》 폐간 위기 맞음.

1972년 《풀과 별》시 전문지 발간에 참여.

1973년 문인협회 사업 간사로 취임.

1977년 문인협회 부이사장으로 취임.

1978년 서정주의 세계일주로 한국문협 이사장 대행. 한양대 부속병원에서 위암 수술 받음.

1979년 1월 28일(음 1월 1일) 서울 은평구 역촌동 1번지 30호에서 위암으로 사망. 장례는 문인협회장으로 거행됨. 유해는 경기도 장흥 신세계 공원묘지에 묻힘.

1979년 시집 『산조』를 우일문화사에서 간행. 실명소설집, 『빛에 싸인 군무群舞』를 문예비평사에서 간행.

1980년 아들 우선에 의해 유고집 『산조여록散調餘祿』을 서래헌에서 출간. 11월 3일 해남 대흥사 입구에 '심호 이동주 시비'가 세워짐. 비문에는 시「강강술래」가 새겨짐.

1982년 11월 수필집 『그 두려운 영원에서』(태창문화사) 간행.

1987년 『이동주 시집』(범우사) 간행.

1993년 실명소설집 『실명소설로 읽는 현대문학사』 간행.

1996년 시「강강술래」이미현에 의해 작곡(예당음향).

1997년 11월 14일 해남 대흥사 입구의 '심호 이동주 시비' 현대문학 표징비 제막식.

1943. 6.　「귀농」,《조광》6호

1943. 9.　「상열」,《조광》9호

1943. 11.　「별리부」,《조광》11호

1946.　4인시집『네 동무』, 목포예술문화동맹 간행

1950. 1.　「황혼黃昏」,《문예》2권 1호

1950. 3.　「새댁」,《문예》2권 3호

1950. 4.　「혼야昏夜」,《문예》2권 4호

1951. 3　시집『혼야』, 호남공론사 간행

1951. 5.　「목련」, 「진달래」,《갈매기》1권 4호

1951. 5.　「항구」,《갈매기》1권 3호

1951. 6.　「좁은 문의 비가」,《신문학》1호

1951. 12.　「봉선화」, 「강강술래」,《신문학》2호

1952. 5.　「해녀」,《문예》3권 2호

1952. 7.　「황토밭엔 태양도 독하다」,《신문학》3호

1952. 9.　「기우제」, 「서귀포」,《시정신》1집

1953. 6.　「뜰」,《문예》4권 6호

1953. 10.　「들국화」, 「바다」, 「연륜」,《시와 산문》

1953. 11.　「해후邂逅」,《협동》41호

1953. 11.　「바다」,《영문嶺文》11호

1954. 1.　「등잔밑」,《문예》5권 1호

1954. 4.　「목련」, 「봄」,《신천지》9권 4호

1954. 5.　「진달래」, 「못」,《현대공론》2권 1호

1954. 6.　「노을」, 「숲」,《시정신》2집

1955. 1. 11.「새해」,《동아일보》

1955. 2.　「대불」《현대문학》통권 제2호

1955. 5.　「꽃」,《시정신》3집

1955. 8.　「초상肖像」,《문학예술》2권 3호

1955. 10. 「기우제」,《현대문학》통권 제10호

1955. 11. 「상장上狀」,《동국문학》제1호

1955. 11. 시와 산문집《강강술래》, 호남출판사 간행

1956. 6. 「꽃샘」,《현대문학》통권 제18호

1956. 8. 「노을」,《사상계》4권 8호

1956. 9. 「강 언덕에 서서」,《시정신》4집

1956. 11. 「사막沙漠에서」,《문학예술》3권 11호

1957. 4. 「마을」,《현대문학》통권 제28호

1957. 7. 「독백」,《월간문학》

1957. 9. 「노을」,《현대문학》통권 제33호

1957. 11. 「고도산견古都散見-기행시초」,《현대문학》통권 35호

1958. 3. 「뮤즈의 초상」,《현대문학》통권 제39호

1958. 3. 「사랑의 계절」,《여원》

1958. 8. 「우주엽신宇宙葉信」,《현대문학》통권 제44호

1958. 10. 「홍타령」,《현대문학》통권 46호

1958. 12. 「낙엽落葉」,《사조》1권 7호

1959. 「하오유한下午有限」,《목포문학》창간호

1959. 3. 「산조 1」,《현대문학》통권 제51호

1959. 4. 「산조 2」,《사상계》7권 4호

1959. 5. 「오월의 시」,《여원》

1959. 7. 「산조 3-구천동」,《현대문학》통권 제55호

1960. 4. 「산조 4」,《현대문학》통권 64호

1960. 7. 「태교胎敎」,《사상계》8호

1960. 9. 「신부행진」,《여원》

1961. 1. 「恨」,「대흥사」,「꿈」,《현대문학》통권 제73호

1961. 7. 「옹달에 서서」,《현대문학》통권 79호

1961. 9-10.「恨 2」,《사상계》9권 10호

1961. 12. 「강강술래」,《신문학》

1961. 12. 「한 3」,《현대문학》통권 84호

1962. 8. 「광한루」,《현대문학》통권 제92호

1963. 1. 「독백」,《현대문학》통권 제97호

1963. 6. 「길」,《현대문학》통권 제102호

1963. 10. 「恨」,《세대》1권 5호

1963. 12. 「분화焚火」,《사상계》11권 12호

1964. 4. 「당신에게」,《여상》

1964. 5. 「도박賭博」,《현대문학》통권 제113호

1964. 5. 「수렵狩獵」,《문학춘추》1권 2호

1964. 7. 「꿈」,《사상계》12권 7호

1965. 2. 「나들이」,《문학춘추》2권 2호

1965. 5. 「남산에서」,《신동아》9호

1965. 10. 「꽃과 노인」,《시문학》7호

1965. 10. 26. 「가을의 연가」,《대한일보》

1966. 2. 19. 「우수雨水」,《대한일보》

1966. 2. 24. 「봄맞이」,《동아일보》

1966. 4. 「나의 피」,《현대문학》통권 136호

1966. 4. 「현대시론」,《세대》4권 4호

1966. 2. 「배가 나와 시를 못쓴다」,《시정신》5집

1966. 6. 「춘한春恨」,《문학》1권 2호

1966. 10. 「가을과 호수」,《사상계》14권 8호

1966. 7. 「파고다 공원」,《시문학》16호

1967. 3. 「설리춘雪裡春」,《신동아》31호

1967. 10. 14. 「낙엽길」,《경향신문》

1967. 12. 「강강술래」,《현대문학》통권 제156호

1968. 5. 「여수旅愁」,《사상계》, 16권 5호

1968. 8. 「삼등열차」,《현대문학》통권 제164호

1968. 10. 10. 「슬픈 우상偶像」,《동아일보》

1968. 11. 「잔월殘月」,《월간》1권 1호

1969. 1. 「잡가」,《현대문학》통권 제169호

1969. 11. 22. 「격문檄文」,《동아일보》

1970. 1. 「금지구역」,《현대문학》통권 제181호

1971. 2.　「바다」,《예술서라벌》6호

1971. 4.　「산조」,《현대시학》3권 4호

1971. 11.　「산」,《시문학》4호

1972. 2.　「산」,《시문학》7호

1972. 5　「김포공항」,「내 유품流品은」,《지성》

1972. 8.　「길」,《풀과 별》2호

1972. 8.　「못」,《월간문학》5권 8호

1972. 11.　「숲」,《현대문학》통권 제159호

1973. 4. 14.「恨 Ⅲ」,《동아일보》

1973. 10.　「오수午睡」,《문학사상》13호

1973. 12.　「모란牡丹」,《월간문학》6권 9호

1974. 7.　「꽃」,《현대문학》통권 제235호

1974. 7.　「고향」,《시문학》36호

1975. 4.　「사나이는」,《현대문학》통권 제244호

1975. 7.　「독백」,《월간문학》77호

1976. 5.　「휘파람」,「안히리」,「여수旅愁」,《현대문학》통권 제257호

1976. 6.　「전에 없던 일」,《한국문학》32호

1976. 8.　「비문碑文」,《월간문학》90호

1977. 8.　「우리들의 가난은」,《현대문학》통권 272호

1978. 8.　〔산조여록 1〕,「병상일기」,《현대문학》통권 제284호

1978. 9.　〔산조여록 2〕,「창」,「길」,「피에로」,《현대문학》통권 제285호

1978. 10.　〔산조여록 3〕,「북암北菴」,「남도창」,「사모곡」,《현대문학》통권 제286호

1978. 11.　〔산조여록4〕,「시론」,「들녘에서」,「김포공항」,《현대문학》통권 제287호

1978. 12.　〔산조여록5〕,「자다가 일어나」,「눈물」,「고향」,《현대문학》통권 제288호

1979. 1.　〔산조여록6〕,「기도」,「섣달 모일某日」,「참선」,《현대문학》통권 제289호

1979. 2　〔산조여록 7〕「낙일落日」,「귀로」,「손」,《현대문학》통권 290호

1979. 3.　〔산조여록 8〕,「무제」,「남도가락」,「이토록 애절한 정을」,《현대문학》통권 291호

1979.　소설『빛에 싸인 군무』, 문예비평사

1979. 1.　「만월」,《한국문학》7권 1호

1979. 2.   시선집 『산조』, 우일문화사

1979. 4.   「대부의 가훈」, 「누가누가 더 클까」, 「새타령」, 「날-궂이」, 《현대문학》 통권 292호

1979. 4.   「엽신葉信」, 《한국문학》 7권 4호

1980. 4.   시집 『산조여록』, 서래헌 간행

1987. 11.   시선집 『이동주 시선집』, 범우사 간행

1991. 7.   「초춘初春」, 《한듬문학》 제6집

1993.   수필집 『그 두려운 영원에서』, 태창문화사

1993.   소설 『실명소설로 읽는 현대문학사』, 현대문학

■ 비평 및 대표 수필

1955. 1.   창간호 「신년도 나의 문화적 포부」, 《현대문학》 통권 제1호

1955. 5. 13. 「한과 여운과 우리문학」, 《조선일보》

1955. 9. 13. 「현대해석과 문학정신」, 《조선일보》

1956. 9. 10. 「멋의 의미」, 《조선일보》

1961.   「한과 멋」, 『한국전후문제시집』, 신구문화사

1962. 3. 28. 「문학작품과 표절. 좀 더 양심의 터전을 굳건히 닦자」, 《조선일보》

1963. 6.   「나의 처녀작을 말하다-'나의 처녀시절'」, 《현대문학》 통권 제102호

1964. 11.   「현대시와 서정의 문제」, 《문학춘추》 1권 8호

1965. 9. 30. 「신문학 이후의 수필정리」, 《조선일보》

1966. 6.   「인물대상-김현승」, 《현대문학》 통권 138호

1967. 1.   「시의 이해와 지도-중고교과서를 중심으로」, 《새교육》 19권 1호

1967. 3.   「시의 이해와 지도-국어과교과서를 중심으로」, 《새교육》 19권 3호

1967. 11. 28. 「화제의 파계승, 고은」, 《경향신문》

1968. 6.   「무기교상태의 기교라야 최고다」, 《월간문학》 2권 6호

1968. 10. 10. 「동아시단-우상과 영웅에 대한 연민」, 《동아일보》

1969. 12.   『순문예지의 시란詩欄은 빛을 잃어간다」, 《월간문학》 2권 12호

1970. 1.   「시단의 문제작」, 《월간문학》 3권 1호

1970. 11.   「문단기화론文壇奇火論」, 《세대》 8권 11호

1970. 12.   「가을은 시가 여무는 달」, 《월간문학》 1권 12호

1971. 8. 「수혈하듯 작품을 썼다」,《현대문학》통권 제200호

1971. 9. 「나의 시작 노트-변모」,《시문학》2호

1980. 「나는 왜 문학을 선택했는가」, 수상집『그 두려운 영원에서』, 태창문화사

|연구 목록|

감태준, 「한국 전통서정시 연구 : 이동주 편」, 《한국언어문화》, 제26집, 2004. 12.

김병호, 「이동주 시연구」, 중앙대 석사논문, 1999.

김시철, 『그때 그 사람들 1』, 시문학사, 2006.

김윤성, 「'처녀시집' ─회상 이동주」, 《현대문학》, 1979. 4.

김희철, 「현대시와 '한'과 '인식' 연구 : 이동주와 이철균의 시세계」, 태능어문, 1981. 7.

남성숙, 「호남사람 이야기, 우리가 꼭 알아야 할 역사인물 150」, 광주매일신문 광주 메스컴. 2009.

류근조, 「이동주론─절제와 회오와 균형의 미학」, 《현대문학》, 1992. 6.

박유미, 「1950년대 전통서정시 연구─이동주, 박용래, 박재삼, 이성교 시를 중심으 로」, 성신여자대학교 박사논문, 2002.

박태일, 「1950년대 전쟁기 문학과 제주의 지역성」, 《한국언어문학》 제71집, 2009. 12.

백승현, 「심호 이동주의 시세계 연구」, 호남대 석사논문, 1997.

성춘복, 「시의 母國과 懺悔의 길」, 《월간문학》, 1979. 4.

손광은, 「이동주 '혼야'의 해석적 이해」 무등학총 15, 1983. 1

양금섭, 「心湖 이동주 연구」, 고려대학교 석사논문, 1986.

윤재근, 「이동주론」, 《현대문학》, 1979. 6.

이원섭, 「정情의 응어리를 안고 살았다」, 《현대문학》, 1979. 4.

이지엽, 「한의 정서와 전통성 계승」, 『한국전후시 연구』, 태학사, 1997.

임명섭, 『회고주의 극복─이동주의 초기시」, 송하춘, 이남호, 『1950년대의 시인들』, 나남, 1994.

전영주, 「전통적 율격의 계승과 민속의 재발견」, 『1950년대 시의 전통주의 연구』, 동국대 박사논문, 2001.

전해수, 「전통적 율격의 계승과 민족의 재발견 ; 이동주의 시세계」, 『1950년대 시와 전통주의』, 열락, 2006.

정봉래, 「이동주의 시공간」, 『비평문학』, 1987.

_____, 「정한의 시인 : 이동주 론」,《문학과의식》, 1996. 10.

정형근, 「'어머니'의 모티프와 바라 앞의 '촛불'」, 『한국전후 문제시인 연구 2』, 김학
동 외, 예림기획, 2005.

채규판, 「이동주의 시」,《시문학》, 1982. 5.

최승범, 「청자 항아리 같은 시」,《월간문학》, 1979. 4.

최일수, 「이동주의 곰삭은 시학 ; 가신지 열 돌에 즈음하여」,《시문학》, 1989. 2.

허형만, 「한국 현대시에 나타난 호남지역의 정서 : 영랑, 미당, 심호의 시를 중심으
로」,《현대시학》, 1995. 12.

_____, 「婚夜 신부 볼에 오―매 단풍 들것네 : 김영랑과 이동주의 시를 중심으로」,
《문학마당》, 2008년 가을.

황인원, 「1950년대 자연성 연구 : 구자운, 김관식, 이동주, 박재삼을 중심으로」, 성
균관대 박사논문, 1999.

한국문학의 재발견-작고문인선집

이동주 시전집

지은이 I 이동주
엮은이 I 송영순
기 획 I 한국문화예술위원회
펴낸이 I 양숙진

초판 1쇄 펴낸날 I 2010년 12월 10일

펴낸곳 I ㈜현대문학
등록번호 I 제1-452호
주소 I 137-905 서울시 서초구 잠원동 41-10
전화 I 516-3770
팩스 I 516-5433
홈페이지 www.hdmh.co.kr

© 2010, 현대문학

ISBN 978-89-7275-541-8 04810
ISBN 978-89-7275-513-5 (세트)